二十四个女人划条船

小一 著

九州出版社
JIUZHOUPRESS

图书在版编目（CIP）数据

二十四个女人划条船 / 小一著 . -- 北京 : 九州出版社，2021.5

ISBN 978-7-5225-0128-4

Ⅰ . ①二… Ⅱ . ①小… Ⅲ . ①长篇小说—中国—当代 Ⅳ . ① I247.5

中国版本图书馆 CIP 数据核字（2021）第 108565 号

二十四个女人划条船

作　　者	小一　著	
责任编辑	周弘博	
出版发行	九州出版社	
地　　址	北京市西城区阜外大街甲 35 号 (100037)	
发行电话	(010)68992190/3/5/6	
网　　址	www.jiuzhoupress.com	
印　　刷	天津雅泽印刷有限公司	
开　　本	880 毫米 × 1230 毫米　32 开	
印　　张	8.5	
字　　数	209 千字	
版　　次	2021 年 5 月第 1 版	
印　　次	2021 年 5 月第 1 次印刷	
书　　号	ISBN 978-7-5225-0128-4	
定　　价	58.00 元	

自序：划船的女人都非等闲之辈

20 世纪 90 年代，我的家乡曾经发生过这样一件事儿：一群女子组织一个龙舟队，和男子龙舟队同河竞渡。他们之间的赛事引起关注，因为女子龙舟队最终获胜，这绝对史无前例，也可能后无来者，至少到了 20 多年后的今天，依然没有类似事情发生。一直以来，我就想把这事儿写成一部小说，但想得很多，却没有动笔。

逝者如流水，而那些女人就是在流水上划船的。一眨眼 20 年过去了。2013 年 4 月，当我得知我的中篇小说《好走》通过 Benq 第三届华文世界电影小说奖的复审进入决审并有可能在决审中胜出的时候，我写这件事儿的欲望就更强烈了，我给这部小说取名为《二十四个女人划条船》。写作长篇，需要一段相对集中完整的时间。我教高三两个班的语文，"教书育人"是我的职业，我首先必须把我的本职工作做好，属于我自己的、能够写小说的时间不多，而且被切得零零碎碎。从 5 月份开始，我利用业余时间一点儿一点儿地写，到了 6 月 2 日，我才写完第一章。为了督促自己，我把它展示在自己的博客上。

6 月 12 日，是农历五月初五端午节，我从浏阳三中（古港）监考回来，上网收自己的邮件，知道我的《好走》已经在决审中胜出并获奖了。但到底是什么等级的奖，邮件中并未明说，这是出于保密的需要。有可能获奖，是我的催化剂；现在获奖了，就是我的兴奋剂。6月，除了高考迎考、送考和高二学业水平考试的监考以及3天的中考监考之外，我都在疯狂地写作。最多的一天我写了六七千字，最少的一天也写了两三千字。有几天太热了，37摄氏度、38摄氏度、39摄氏度，电脑房里没有空调，温度太高容易死机。我的对策是"少量多餐"，每天主要利用早上和上午的时候，写1个小时左右就休息，一天少则2次，最多的达5次。我的小说写作，特别是中长篇写作，历来是避开炎热的夏天的。那时，我把这个咒给破了。

在《好走》中，我就已经写到了女人与男人在端午划船比赛的事情，但它不是重点，只是其内容的一小部分，划船的女人也只是一个被绑架到异地他乡的孩子眼中一群面目模糊的人。而《二十四个女人划条船》，写的就是这群划船的女人和她们的生活以及命运。

这几年来，我数易其稿。今天，终于定稿了，我在如释重负的同时，又有一种成就感。

在这样的"热"写作和"冷"处理之后，我对《二十四个女人划条船》较为满意，原因很简单。其一，它用"划船"一根线串起了很多人物，既有传奇故事，也有日常生活；其二，它写出了好几个鲜活的人物；其三，它有自己独特的声音、画面和光泽，有自己独特的个性。

那些可爱可敬的女人们在流水上划船，而我，则让她们在时间里划船。划船的女人都非等闲之辈，她们齐心协力把一条船划进了时间的深处，或许她们也能帮我把小说这条船划进艺术的深处。

目录

第一章　相约来年端阳

1

1992年农历五月初十，龙虎乡河边村的李万吉来到了文华乡大田村西山王家的王怀仁家。

今天是王怀仁58岁生日，本来讲好了一个客都不请。他三个崽都在外面赚钱没有回家。如今这样的社会里，赚钱第一。那三个在外面赚钱的崽也曾打电话回来，问今年爸爸生日请多少桌客。王怀仁是个好面子之人，自己生日，也想请几桌客，但他婆娘不同意："三个崽都在外面，要是回来，只是为了拜个寿，一来一去，起码要耽误一天，这一天不但赚不到钱，还要花费来去的车费，划不来。"于是，在王怀仁迟疑的时候，她就做了决定，要三个崽莫回来。

王怀仁不甘心，不满地说："是我生日，要辞客也要等我自己来辞，你就好，还没等我同意，你就替我把客都辞了。"

他婆娘瞿金花反驳道："我辞什么客？自己的崽，是什么客？他们端阳刚回来，才几天，你又要他们回来！你生日没回来有什么要紧！"

他晓得客是不能请了，不过，他心里这口气还是没顺过来："好好好，今后我生日，都不请客了！一个客都不请！省得麻烦！"

瞿金花笑着说："什么今后你生日一个客都不请了，只是今年不请。明年你59岁，男上女满，同意你请几桌客，把要请的客都请过来。"

王怀仁嘟囔着："也不确定搞。"

他们没有女儿，所以，辞客的事情就相对简单一些，只要把三个亲家公辞了就行。上面两个亲家公都是一辞便止，只是第三个亲家公，也就是李万吉，他硬要来——他说，就是不请一个客人，也要来；他来，又不要吃他们十个菜，随便做两个小菜吃了都要得。

王怀仁说："你看你看，你把事情搞歹了吧。"

"搞歹了什么？他一个人硬是要来，到时候搞几个菜就好了。"

"我生日，只要一个亲家公来，辞了另外两个亲家公，他们讲起来，我怎么回话？"

瞿金花还是笑着："你不好回话，我来回话。要是晓得做客，就会一辞便止，省得添别人的麻烦。"

"你晓得什么？脑壳点一点，就要进门款。他来又不是空手，要送礼。"

"我们辞了就辞了，他还来，不是添麻烦又是添什么？"

"你这个话，只能在这里同我讲，要是你同别人讲，那就……"

"你以为我会跑到外面去，碰到什么人都讲，甚至碰到一条狗也会讲！我又不憨不呆不蠢！"

"好好好，一家人就是你聪明！"

李万吉来了，王怀仁和瞿金花都欢天喜地，只有他女儿李朝霞不大高兴："爸，今天真的一个客都没请。"

李万吉笑着说："今天是亲家老子的生日，是个良辰吉日，我就算来错了，也不算错。"

瞿金花笑着答："亲家公，你没来错，你来了就是把我们看得起，只怕我们招待不周。"

王怀仁也随着应和："这些客气那些客气莫讲，我们扯谈。"

这两个五六十岁的男人就坐在客房里扯谈，瞿金花和李朝霞就在厨房里做饭。

王怀仁的父母死得早，他有一个叔父王金堂，今年72岁。这个叔父只有一个崽，不过却有两个女儿，只是这两个女儿都嫁得远。快吃中饭的时候，王怀仁就去叔父家把叔父接来。

如果说李万吉不足以是个好酒贪杯之人，那也至少可以说是个喜欢喝二两酒的人。两杯酒才下肚，他的面皮就红了。

王怀仁又把酒劝到李万吉面前。李万吉赶忙推辞："喝不得了，再喝就要醉。"

王怀仁不饶："这么一点儿酒，怎么就会醉了你？来来来，莫装客，三杯通大道。"

李万吉把酒杯推到王怀仁叔父面前："老人家也来喝吧。"

老爷子摆了摆手。"我呀，不管到谁屋里喝酒，都是两杯酒打止，再要喝，就搞不清东南西北了。"

王怀仁说："亲家公，你就莫平我叔的账了，他我晓得，真的只喝得两杯。"

李万吉不再假意推辞，一饮而尽。

喝过酒，他就去夹菜，一边夹菜一边说："我们喝酒的人误事，你们不要管我们，想吃什么菜就夹什么菜，不要管我们。"

王怀仁又给他满上，也给自己满上，这两亲家公就喝上了。事事如意，五子登科，六六大顺，或者叫六合生财。

两亲家公都是六杯酒下肚，李朝霞说话了："爸，你莫再敬我爸喝酒了，再喝，他只怕把单车骑到河里去了。"

李万吉正是半醉的时候，要是有人再敬酒，他当然会来者不拒。王怀仁呢，也是喝得半醉，但他就是真的喝醉了，也是睡一觉就没事了。他也有酒兴，要他这个时候不敬亲家公的酒，他的酒兴和豪兴不答应，待客的礼节也不答应。

看到家爷还有敬酒的意思，李朝霞赶在他之前把酒瓶拿在自己手里：

"爸，莫敬酒了，我爸二月间到我大姐家喝酒，就喝醉了，骑单车回河边，半路上，他就摔到塘里去了，好在有人看见，才没出大事。"

王怀仁的叔父也说："酒从欢处乐，喝醉了不大好，来来来，多吃点菜。"

酒就到此为止。

饭后，两家娘媳妇就收拾碗筷桌子。酒兴助谈兴，两亲家公就南京神隍北京土地，扯起不着边际的谈来。

李万吉说："今年端阳是过得最没味道的。"

王怀仁问："怎么最没味道法？"

"你不晓得，我们河边村去年打了一条新船，和袁家人约好在端阳划了一回龙船。他们划输了。今年，我们再约他们划船。他们不来了。"

"不可能吧。好像我记得别人都这么讲：河边人，划不赢；袁家袁，划烂船。袁家人虽然船不新，好像他们一直划得你们赢。"

李万吉有点不高兴了："亲家公，这你就不晓得了。你讲的这个顺口溜，是老黄历了。这些年，我们河边人同袁家人划船，都赢了他们。以前是他们占上风，他们最关键的是有好舵手。我们村人口有千多人，他们袁家只有几百人。我们的人口越来越多，他们还是那么多人，我们这些年也有了好舵手，所以他们就划不赢了。"

"照你这么讲，他们袁家人如今硬是划不赢了你们，怕了你们了。"

借了酒兴，李万吉露出几分得意的神色："那是当然。"

王怀仁叹了口气："我们大田村今年端阳也过得没一点儿味道，也没划船。过端阳看惯了划船，一不划船，就好像少了一点儿什么东西，心里总有讲不出的味道。"

"就是，就是。"李万吉深表赞同，"打了一条新船，才划了一年，就把它放空，实在可惜，实在是浪费。其实我们同袁家人都讲了，他们那条船实在不能划了，我们可以把船给他们，随他们要哪条船，新的旧的随他们选。他们袁家人那条旧船烂得划不得了，我们那条旧船还划得。但他们就是不来，高低不来，横直不来，反正不来，死活不肯来。"

"他们袁家人怕是凑不齐二十几个划船的人吧。"

"只怕是这样，"李万吉说，"我们村人口比他们多，好选人，他们人口本来就少，最近几年好多后生又去外面打工，绝大多数人都不晓得划船了。你们大田村情况怕也差不多。"

"不瞒亲家公，我们大田村的情况也是差不多。我们去年端阳还同下面的杨花村划了一回船，今年，他们也没来请我们，我们也没去请他们，都晓得端阳划不成船了。都赚钱去了，谁还想划船的事？"

李万吉说："莫讲划船，就是插艾包粽子这样的事，也有蛮多人家不搞了。雄黄酒，早就不喝了。"

王怀仁说："雄黄酒，据说喝了有毒。"

李万吉说："什么有毒没毒，雄黄酒都喝了几百几千年了，以前没讲有毒，现在讲有毒了。"

王怀仁说："《白蛇传》里讲，许仙听了法海的话，让白蛇精端阳节喝了雄黄酒，白蛇精就露出蛇尾巴来，显了原形。"

李万吉说："如今过端阳，也只有我们这些老家伙在乎，年轻人，谁还在乎这个？"

王怀仁："就是就是，现在的年轻人，晓得包粽子的有几个？再过几年，只怕粽子都吃不到了。端阳划船，最近好多年来，也是乱弹琴，划一年不划一年，一点儿规矩都没得。"

李万吉说："我认为，你们这里端阳划不成船，同亲家公你有关系。"

王怀仁惊愕地看着李万吉："怎么同我有关系？"

"不是我自吹，我们河边村之所以还有人划船，是因为有我这个好管事的人——别人讲是好管闲事，我讲话粗俗，我承认自己是好管事。要是没有我主张，谁会想到打新船的事？要是我不坚持，谁会想到要把旧船修好？我在村上什么官都没搞过，只是我老了还不想享福，是劳碌的命，总想东跑西颠。亲家公，你水平比我高多了，以前做过大队的书记，后来改名为村，你也当过几年书记，在地方上，你讲话比我灵多了。要是你有心促成划船，那还不是一句话的事？"

"亲家公，不是我要同你唱对台戏，你今天硬是冤枉我了。"王怀仁说，"自从分田单干之后，谁还把大队长大队书记放在眼里？都是自己搞自己的，自己赚自己的钱，你要是去讲他们，他们会讲你发慜。"

这时候，瞿金花李朝霞从厨房出来了。这两亲家公的讲话，她们都听到了。李朝霞对父亲太了解了，她晓得他本来就话多，现在喝了几杯酒，就很难管住自己的嘴巴了。但他是自己的爷老子，自己又不好讲他。真是拿他没办法。

李万吉说："亲家公，我本来想同你商量，我们河边村盛情邀请你们大田村明年端阳到我们那里划船，现在看来，没希望了。"

坐在旁边一直没作声的王金堂开口了："你是嫌我们大田村没人。"

李万吉连忙解释："哪里，我不是这个意思，你们大田村人口也有将近两千，男女老少都有，怎么是没人呢？不过，你们这里经济搞得好，大部分后生都出去赚钱了，他们难得回来。要这些人去划船，只怕是难上加难。俗话说，'不管白猫黑猫，捉得到老鼠的就是好猫。'如今的人，看得开了，不管什么人，赚到钱就是好的。讲到划船，划了就划了，没划也不要紧。只是，要你们大田村凑二十多个划船的人，只怕不容易。"

李朝霞晓得自己父亲这话讲得分外了。

果然，王金堂说："我们大田村人口两千，以前种地划船，哪一样不精？我就不信，一个这么大的村，还选不出二十多个划船的后生来！"

李万吉说："老人家，你讲的话，句句在理，只是我今天多喝了两杯酒。我听人讲，亲家公今年也想同杨花村划船，只是他去喊人，喊了好几天，硬是没把人喊拢来。"

"仁伢，有这么回事？"王金堂问。

王怀仁点了点头。

王金堂不信："真的一个村两千人，喊二十几个划船的人不出来？真是碰了鬼了！钱当然要赚，船也要划。"

李万吉说："老人家讲的是，只是如今人只顾赚钱去了，其他的事情，就丢在一边了。"

李朝霞抢过了话茬："爸，你今天又多喝了两杯酒，尽在这里乱讲。"

"酒，我是多吃了两杯，不过，我还没醉，心里灵醒。大田村没人就是没人，我总不能把没人讲成有人。"

"爸！"李朝霞大声阻拦，"我们大田村就是喊不出二十几个划船的后生，我们也还是有人。"

"哟！"李万吉见自家闺女这样向着婆家，十分不开心，"怪不得讲是嫁出去的女，泼出去的水。大田村是你的，是你们的。我话又没讲错。我不是讲你们没人，我刚才讲了，你们大田村人口有两千，我讲的没人是你们没得划船的人。"

王金堂有意见了，王怀仁有意见了，瞿金花也有意见了，她心里想："你喝不得酒，就少喝两杯，又没人用灌牛筒灌着你喝！这个'牛尿'，喝多了就容易坏事。"

李朝霞自然也是气愤不已："我们大田村有人，退一万步讲，就是万一我们凑不齐二十几个划船的后生，我们还有女子划得船。"

李万吉看着自己的女儿："我晓得，你是划得船的，你跟着我划过船。你们凑不齐二十几个划船的后生，真的凑得齐二十几个划船的女子？"

王金堂和王怀仁都有了被激怒的意思，都说："明年端阳，我们大田村到你们河边村来划船。"

李万吉笑了笑："话讲出口是容易，真正做起来就难了。"

"君子一言，驷马难追。"这叔侄俩异口同声。

李万吉应言道："是话，那好，不久我就以河边村的名义发一封挑战书给你们。"

叔侄俩信心十足："只要你们敢挑战，我们就一定会应战。"

李万吉推着单车要回去，王金堂、王怀仁送他到门前坪里。李朝霞要家娘瞿金花看住她两岁的女儿，便从堂屋里推着单车出来。

李万吉问自己的女儿："你去哪里？"

"送送你。"

"我要你送什么？"

"你多喝了两杯酒，只怕……"

"怕什么？这几杯酒就醉得倒我？笑话！老人家，你留步，亲家公，留步，霞妹，你把单车推进去，该做什么事做什么事去，不要管我。"

李朝霞站在那里犹豫不决。

"霞妹，不要送我，你今天要是送我，我就会有气。"

李朝霞只得妥协："爸，那你自己注意点。"

"晓得，我晓得。好了，我走了。"

李万吉骑上单车走了。地坪里的三个人看他骑单车的样子还蛮稳当，都落了心。

2

李万吉回到河边村，就着手办起明年端阳划船的事来。

他先找到村主任李丹阳。这个李丹阳是个三十刚出头的壮年人，他的侄子辈，但近些年因为喝多了啤酒，肚子就比一般人大不少。烟嘛，自然是吃这个侄子村主任的，因为村主任的烟也就是村上的烟。当村主任听到李万吉找他是这么一回事的时候，他内心不以为然，但李万吉是他的长辈，所以他笑着说："万叔，这是好事，要是多几个像你这样的人，我们河边村的公益事业哪里会搞不好？只是，划船要有对手，今年我们去请袁家人划船，就碰了一鼻子灰。"

李万吉说："这个，你不要着急。前几天，我刚去了大田村，跟他们那里的人讲了。他们那里的人也讲，不划船算什么过端阳？就同意了，只是认为我们这里最好发一封邀请函去，他们才好来。"

"这个没问题。只是这个邀请函你来写，我盖个村上的公章就可以了。"

"我也没写过邀请函。"

"那你去请人把它写好，然后拿到我这里来盖章。"

李万吉就跑到河边完小去找李万象老师。他们可是一起穿开裆裤、耍泥巴长大的发小。

李万象听李万吉讲完，二话没说，顺手从办公桌里拿出一张大红纸，把它对折，对折，再对折，然后用小刀裁出几张小红纸来。

李万吉说："这个邀请函，我搞不清，是不是相当于下战书的意思？"

"差不多吧。"

"这个邀请函是不是又叫邀请书？"

"是。"

"那你不要写成'邀请函'，干脆写成'邀请书'。"

"为什么？"

"'书'就是'输'，输赢的输，我们请他们大田村来划船，是要让他们'输'着回去的。"

"你还真是想得多。"

不久，"邀请书"就写好了。

邀请书

尊敬的大田村领导：

端午节是我们中国的传统佳节，龙舟竞渡又是端午风俗中的重头戏。为了建设农村的精神文明，敝村将于明年端午节在敝村举办龙舟竞赛，诚邀贵村龙舟队参加。

河边村村委会

一九九二年农历五月十二日

李万吉兴冲冲地拿着这邀请书去了村部。

李丹阳拿过邀请书看了一眼，说："要得，蛮好。"然后拿出村上的公章，蘸上红色印泥，用力盖到红纸上。"万叔，这个村上呀，你讲有事又没得什么事，你讲没事呢又有不少杂七杂八的事，这个划船的事，你就具体负责吧。"

李万吉说："你们村上的几个领导要不要开会商量一下？"

"不要商量，这个事情，我做得了主。就辛苦你，你全权负责。"

"要得。"

3

王怀仁带着李万吉去大田村村部找村主任张平。

张平看李万吉递过来芝城烟，忙说："你是客，哪里有抽你烟的道理？来，抽我的。"他的是白沙烟，当地很少有人抽得起这种烟。

李万吉先把邀请书恭恭敬敬送到张平手里，然后才坐下来，坐在王怀仁旁边，抽烟。

张平看过邀请书，把它收进自己办公桌的抽屉里："端阳划船是好事，既然你们河边村盛情相邀，我们大田村当然答应，只是明年端阳到你们那里划船，麻烦你们的地方一定蛮多。"

李万吉说："村主任客气，哪有什么麻烦的？大家在一起划划船，热闹热闹。"

村主任见状不便再推脱，"这样吧，我晓得你同王怀仁是亲家，你们河边村划船的事由你全权负责，我们村划船的事就由王怀仁全权负责。我们村，我这个做村主任的，都会大力支持，你只管搞就是，有什么困难来找我。"

从村部出来，李万吉非常满意。一来大田村答应明年端阳到河边村划船，事情顺利，二来是他们根本没有看出那个"邀请书"的小秘密。

4

王金堂到了王怀仁家里，说："仁伢，河边村到我们这里来下战书了？"

"是的。"

"村上应战没有？"

"应战了。"

"这事由谁负责。"

"村主任要我负责。"

"那你还不快点去准备。"

"准备什么？"

"要把船修好，要把划船的人搞齐。我们那条船，那么旧了，只怕一下水就会漏水。"

"那条船肯定要修了。搞齐划船的人，难。如今最难的就是去喊人，如今的人都喊不动，就同死人一样，除非你有钱给他们。"

"村主任要你负责，他没有批点钱给你？"

"他哪里会批钱给我？如今钱在他手里，不管怎样，都同米进了叫花子袋一样，莫想它们再出来了。"

"那你准备怎么搞？"

"时间还早得很。我今年只想请人把那条旧船修好，钱自然要村上出，这也不要花蛮多钱。至于搞齐划船的人，还早得很，等过了年再去想办法。就算今年能够把划船的人搞齐，隔明年端阳划船还有那么久，夜长梦多，反而会搞得人心不齐。"

"也是。"

王金堂走了。

瞿金花不高兴了："你呀，就是想揽事！什么事都朝自己身上揽，又没得什么油水赚！这划船本来是别人村干部的事，你倒好，揽到自己身上来，好像自己是个什么人物！"

"你少讲两句好不好？不是我要把这件事揽到自己身上，是村主任要我负责。村主任开了口，我怎么好回绝他？"

"你会回绝他？你只怕是求之不得。"

"我不同你讲，你就是头发长，见识短。我们男人的事，你少操心！"

"你以为我想操你的空心！我是怕你到时候喊人不拢来，又来屋里发气！你要看的，明年我看你怎么把划船的人喊拢来！我算了你的灵八字在这里！"

"你呀，除了鼠目寸光之外，还有一张乌鸦嘴！"

第二章　开了个好头

1

1992 年下半年，大田村像任何一年的下半年一样，发生了好多好多的事。在王怀仁看来，他请人把村上那条旧船修好了应该算是头等大事。

一眨眼，年就过了。

一眨眼，正月就过了。

一眨眼，二月就过去一半了。

年怕中秋月怕半，只要再一眨眼，三月就要来了。这个时候再不去把划船的人组织拢来，只怕时间就来不及了。

王怀仁吸取了去年的教训，这一次他首先不去找那些后生，而是先去东冲张家和山上刘家去找了两个和自己年纪差不多、又有话事份又同自己关系不错的人。结果却让他失望。张怀珠说："如今要把后生喊拢来划船，真的比上天还难。"刘秋深说："如今的人，尤其是后生，你要他做事，又没得钱，他们不同你做，你就是求他们也没用；如今的社会，没有钱，寸步难行，做这样的事，该村上组织，村上拿不出钱来，谁会做？"王怀仁说："船修好了，万事俱备，只欠东风了。"刘秋深说："修船的钱是村上出的，现在要村上再出钱，只怕蛮难。有了钱，才是万事俱备；没得钱，就是万事俱不备。如今，只有钱喊得动人，人是喊不动人的。有钱能使鬼推磨。再讲，划船是很累的事，没得钱，只有像我们那个时代过来的人才会做这样既没钱又累人的事，如今再找这样的人，只怕是打灯笼火把都寻不出。"

这个办法行不通，王怀仁只得用老办法，又去找后生。找了几个后生，也没有一个后生明确答应划船。看样子，这事只能暂时放一放，缓一缓。也不要太担心，车到山前必有路，船到桥头自然直。他就不信，到时候一个这么大的村凑不齐二十几个划船的后生。问题的关键是村上没什么钱，去河边村比赛前，先要在自己村里练船，花的时间不少，没有钱，是蛮难差得动人的。

一天，王怀仁看到一帮后生在大屋里扯谈，为头的是一个叫王勇武的后生。这个王勇武，是个二流子的角色，整天游手好闲，无事生非，但在地方的后生中却有一定的威信。这样的人，可以相信么？

王怀仁抱着试一试的想法跟王勇武说了划船的事。出乎意料的是，王勇武一口答应："我还以为是什么大事呢，不就是喊二十几个人去河边村划船吗？这还不容易！包在我身上！"

王怀仁说："你这么有把握？"

"你不相信我？"王勇武说。

"不是不相信你，是这事已经答应了河边村，出不得岔子。"

"一句话的事，包在我们身上！我打包票！只是你首先要搞两包烟给我抽了。"

修船是由王怀仁负责的，他出面请人，钱是村上出的，把账一算，还存 8 块 7 毛钱。王怀仁就跑到店子里买了两包芝城烟给了王勇武。王勇武把其中的一包开了，一根一根发给自己的耍伴，另一包自己留着。

王怀仁想，"莫看王勇武平常是一个流打鬼，真正大事来了，还是一个可以信得过的人。"

一眨眼，三月就来了。

王怀仁去找王勇武，问他事情做得怎么样了。

"什么事情？"王勇武问。

"就是召集后生划船的事。"

"我什么时候答应过你？"

"就在十几天前，我还买了两包芝城烟给了你。"

"哦，你不讲，我真的差点不记得这件事了。除非你去同村主任讲，我们每练一回船发 10 块钱，最少也要 5 块钱，最后到河边村去比赛每人发 20 块钱，最少也要 10 块钱，我们赢了每人还要奖点钱，不然——"

王怀仁没再理会王勇武，他晓得自己买的两包烟变成了"肉包子"。肉包子打狗——有去无回。

回到家里，王怀仁闷闷不乐，但他有苦说不出，他怕自己一说出又要遭婆娘的奚落。

"怎么？喊人划船喊不拢来吧？"果不其然，前脚进家，后脚瞿金花便问了起来。

他没好气地说："明知故问！"

"你以为你还是后生，还可以担重担子。担不得重担子又不要紧，只要你莫把重担子朝自己肩膀上放。如今可好，你又答应了别人，又喊不拢人来。肯定要失面子，要我讲，失面子就失面子，只要回个口讯，讲我们这里喊人不拢来，端阳划船的事搞不得了。"

"怪不得要讲你们女人头发长，见识短！遇事你就晓得讲风凉话！"

"你自己喊人不拢来，还怪我！又不是我的错！"

"我又没讲是你的错！"

"干脆回个讯算了，莫总拖着。总拖，心里就总想着这件事。你自己不舒服，害得我也跟着你一起不舒服。"

他不再同女人争辩，闷闷地走到睡房里，衣服鞋子也没脱，仰面朝天躺在床上。

2

李朝霞把两岁的女儿交给家娘："妈，我要出去有点事，你同我看一看妹子，莫让她乱跑。"

"你去吧。"

李朝霞单车也没骑就走了出去。

瞿金花说："单车也不骑，你去哪里？"

"我就到我们这里有点事，不要蛮久就回来。"

出了门，她朝上面走去。不久，她就看到一个男孩骑着单车："黄成章，你怎么才去学校呀？别人早就走了。"

黄成章懒懒地说："急什么？反正已经迟到了，再急性也没用！"

到了一个小山冲口，这小山冲里住着几户人家。

刚到第一户人家门前地坪里，她就看见袁玉扛着一把锄头出来。

"袁玉，搞什么去？"

"到菜园里去，菜园里草长得飞快，再不去把草锄掉，只怕草会把菜吃死。"

"你莫讲起来吓死人，你们的菜园我晓得，菜长得比一般人家好。"

"你不晓得，前几天落了雨，这两天刚晴，草发癫一样地长。你这是去哪里？"

"特意来找你。"

"特意来找我？什么事？"

袁玉走到李朝霞面前，把锄头放下，问："大事还是小事？"

"这个事吧，讲大蛮大，讲小蛮小，要是不想搞，就什么事都没得。"

"你这样绕来绕去，把我的脑壳都搞晕了。到底什么事？你就讲直的。走，我们还是进去讲。"

"不要进去讲，就站在地坪里讲一下就是。是这样的，去年我爸到我们家来，请我们这里今年端阳去划船。我家爷二话没讲就答应了。他只图一时嘴巴快活，没想到他把旧船修好了，喊了好多回，硬是没把后生喊拢来。"

"这样的事，同你同我都没关系。"

"你听我讲，要我家爷再去回讯，讲不去划船了，他失不起这个格，所以他在屋里总是透冷气。"

"他都喊不拢后生来，你同我越发喊不拢后生来。"

"去年我爸来的时候，他喝了几杯酒，讲的有些话不大好听，把我家爷激了，我家爷就答应今年去划船。当时我也讲了这样的话，我讲，我们大田村，就是后生凑不齐划船的人，我们女的也去得。"

"我晓得，你当时讲这样的话，是怕你爸得罪你家爷。"

"是这样的意思。"

"你是想我们女的去同河边村的男的比赛划船？"

"嗯。"

"亏你想得出。"

"我也认为自己是异想天开。不过我想了好几夜，认为我们女的去划船也不要紧。法律也没规定，风俗也没规定，不准我们女的划船。以前，你不就跟着你爸掌过舵吗？"

"船我是划过，只是端阳搞比赛，龙船上还没坐过女的。"

"我们村，出去赚钱的后生太多了，剩下来的后生本来就不多，也多半只想怎么去赚钱，划船的事，他们想都不想。"

"也有一些后生，他们是流打鬼，嫌做事累人，好吃懒做，要他们划船，想都不要想。"

"女子划船，我第一个想到的就是你，第一个来找的也是你。我晓得，划船最重要的是舵手。你那时候同你爸学过，我还没嫁到这里的时候，我们河边村经常输给了你们袁家村。其实桨手都差不多，你们就是舵手比我们厉害。我第一个来找你，你要是认为要得，我就继续去找人，你要是认为要不得，我就死了这条心。"

"这样吧，我们到屋里去讲。"

"不要进去了，就在这里讲，你只要把个硬讯我，要得就要得，要不得就要不得。"

"同你讲句老实话，我也认为，过端阳不划龙船，一点儿味都没得。只是划船要二十几个人，我们留在屋里的女子是比男子多，不过，要把女子组织拢来，还要难些。"

"我现在问你来不来？你把个硬讯我。"

"你要是喊得动别人，我就来。你要是喊不动别人，我来了也是空的，一条船又不是我们两个人就划得动的。"

"那我去喊别人的时候，就讲你已经回了硬讯，肯定去划船。"

"你这么讲就是。"

李朝霞转身就走。

袁玉说："等一下，我同你同走几脚路。划船要二十几个女的，要你一个一个去喊，蛮难。我觉得你自己只要在西山喊一些人，至于东冲张家，你先去找一个讲得话灵的女的，你们商量商量，然后由她去喊人，这比你一个一个去喊要好些。到山上刘家也是这样。我觉得山上刘家，你只要把刘芙蓉讲动了，只要她愿意来，那就好搞。山上刘家喊人的事交给了刘芙蓉就要得，她一张大嘴巴，喊几个人，不难。"

"我也是这么想的。"

3

李朝霞回到家里，瞿金花问："什么事，这么快就做好了？"

"妈，是做好了。不过，我还要去山上刘家，可能还要去东冲张家打个转来。细妹子还请你吃累。"

"你去吧。"

李朝霞骑着单车出去了。

瞿金花牵着孙女的小手，慢慢走出来。看着李朝霞的背影，她想，"这个妹子，今天怎么神神秘秘的，搞什么鬼名堂呢？"

李朝霞找到刘芙蓉的时候，刘芙蓉正在自己屋里打麻将。

"稀客，难得你到我们屋里来。"刘芙蓉一边打招呼，一边打她的麻将。

"我特意来找你有点事。"李朝霞开门见山。她觉得要是自己不直来直去的话，这个刘芙蓉是不会从麻将桌边走开的。

"棋牌在手，荒亲慢友。你莫见怪，我打完这手就给别人打。"

打麻将的只有四个人，坐着或者站着看打麻将的，有五六个人，所以，刘芙蓉一起身，立刻就有旁边的人补了她的空缺。

看见李朝霞郑重其事的样子，刘芙蓉把她带进自己的睡房。

"你们才刚刚打麻将吧。"李朝霞说。

"是才打了不蛮久。"

"那我害了你没赚到钱。"

"你没害我，还救了我。最近半个月来，我好像被鬼寻了，手气臭得要死，总是输。你来把我喊开，还让我少输了钱。"

"我听人讲，你小时候同伢子一起到河里洗冷水澡，也划过船。"

"我船也划过，也同伢子一起耍过冷水澡。那时候，大人都讲我不是一个妹子，是一个伢子。"

"我们想成立一个女子龙船队，想请你参加。"

"成立女子龙船队，肯定好耍。好，我参加。"

"我把丑话讲在面前，你也晓得，划船是蛮累人的事。"

"这个我自然晓得。虽然这些年我没划过船，不过划船耍水已经入骨了，想不记得都做不到。"

"还有，没得一分钱，纯粹是搞着好耍的。"

"哦，我晓得了，我们村要同你娘家那个河边村搞划船比赛。我们村答应了，你家爷喊后生不拢来，所以你就想出这样一个办法。"

"你猜中了。"

"打麻将是为了赚钱，不过也是有赢有输，没有只赢不输的。划船，我们女子划船，当然是搞着好耍的，谁会想到赚钱的事。赚钱的时候就放肆赚钱，好耍的时候就放肆耍。对了，已经喊拢来几个人了？"

"同你，我就不讲假话。包括你，才三个人。"

"哪三个人？"

"一个是我，一个是我们西山的袁玉，然后就是你。"

"袁玉我晓得，是个好舵手。你，我也晓得，也划得船。我参加，麻将要打，船也要划。我也没想到我们大田一个这么大的村，喊二十几个划船的后生都喊不拢来。钱是要赚，也不能死在钱眼里。有些后生是死在瘪眼里，还有些后生是流打鬼。"

"你来参加我内心蛮欢喜。不过，还有件事要请你吃累。"

"什么事？你只管讲！我们以前不大熟，你可能还不大了解我的为人，我是个直肠子，不晓得搞转弯抹角那一套。"

"你在你们山上刘家讲话灵，我还想请你在你们这里再喊几个人参加。"

刘芙蓉想了想，又掰了掰手指，说："要得，没问题。"

"我负责到我们西山喊人，你负责到你们这里喊人。你看，东冲张家，哪个女子最合适喊人？"

"青胖子。"

李朝霞笑出声来。

"怎么，你认为青胖子不行？"

"不是这个意思。我同青胖子不大熟，她那么一个大胖子，像秤砣一样，落在水里就朝下面沉，她也划得船？"

"她怎么划不得船？你莫看她人胖，力气好大，扶犁倒耙的事，她都做得，船，她也划得。只是……"

"只是什么？"

"只是她一门心思死要做事，她屋里事也多，她丈夫去了外面，田里塘里菜园里，还有屋里的事，都要她一个人做。"

"我们划船搞训练，暂时只定在早晨搞。"

"这样也好，不耽误事，要得。只要不耽误事，青胖子会来。她有力气，也不惜力气，喜欢帮人一点儿小忙，在东冲的女子当中，她有话事份。"

"那就这样，你到这里喊人，我到西山喊人。我现在就去东冲，要青胖子到东冲喊人。后天夜里，我们几个为头的就到袁玉屋里碰一下头，开个会，今后划船的事到底怎么安排，到时候再来商量。"

"要得。我今天就去喊人。"

4

李朝霞是在塘边找到陈青兰的。她远远地看到一个高高大大的女子站在塘边朝塘里丢草。

就像刘芙蓉说的那样，陈青兰也就是青胖子，一开始她没答应李朝霞，当然，她也没有明确拒绝——她没说话，在犹豫。李朝霞说："船都是在一大早划，要讲一点儿事不耽误呢，那是假话，不过，也不是蛮耽误事，每天只划一回，一回又不划蛮久，毕竟我们这些水边长大的女子，都同船打过交道，对船多多少少还有一份感情。"

陈青兰说："要我参加是没什么，只是，只是，要是我们这些女子搞着好耍的不要一点儿紧，要是我们还今后跑到外乡外村去同人家男子比赛，我们肯定比不赢，莫讲自从盘古开天地，就讲我做细人的时候，就没看到过女人正式划过龙船比过赛，别人会笑话我们。"

"别人笑由别人笑，我们又不是去杀人放火，又不是去偷扒抢劫，又不是去做其他歹事，我们怕什么？同外乡外村的男子比赛，我们输了也不要紧，一点儿面子都不失，我们划船也就是过端阳热闹热闹。"

陈青兰觉得李朝霞讲的合情合理，就答应了。至于到东冲喊人的事，陈青兰说："日里我碰到了那样的口子，我就去同别人讲，要是没得这样的机会，我就夜里再去喊人。"

李朝霞同意："怎么喊人你自己决定，只是你要急性，后天夜里到我们西山袁玉家聚齐，商量今后到底该怎么搞。"

一切似乎很顺利。

5

王怀仁家里。

王怀仁说:"朝霞,我到外面,听到好多人讲,你在外面喊女子划船,有这回事吧。"

李朝霞说:"我是在外面喊女子。"

"你这不是搞空事吗?"

"爸,这怎么叫搞空事?"

这时候,瞿金花说话了:"我也听蛮多人讲了这件事,我觉得是好事。"

李朝霞说:"至少不是坏事。"

王怀仁说:"什么好事?你们也不想一想,你们女子划得什么船!"

瞿金花说:"我们女子划得什么船?好像全世界就只你们男子划得船,就只你王怀仁划得船!"

"我都没把后生喊得拢来,朝霞能把女子喊拢来?"

"你这是眼红朝霞,你没把后生喊得拢来,朝霞把人喊拢来了,那是她的本事。"

李朝霞说:"爸爸没把人喊得拢来,那怪不得爸爸,我们村留在屋里的后生实在太少了,留在屋里的,也是一门心思赚钱,也有几个是流打鬼。"

"你看你看,朝霞比你的肚肠大多了。不过,我们村组织一个女子龙舟队去外乡同人家的男子比赛,这像什么话?"

李朝霞心里着急,但又不便当面反驳家爷。她太希望家娘能站在自己一边,自始至终站在自己一边。

瞿金花说："是你答应今年端阳去河边村比赛，是你喊人喊不拢，我要你去回个讯讲不同他们河边村比赛了，你又死活不肯。打成死结，你怎么搞？朝霞把这个问题解决了，你又不服气。对河边村那边，我们只讲我们今年端阳去他们那里比赛，先不要讲我们是派女子同他们比赛。我们不讲，他们怎么会晓得？到时候我们去了，生米煮成了熟饭，也就只能男的同女的比了。"

"你以为我们不讲别人就不晓得！这件事又不是偷着瞒着能做的！我们不派人同他们河边村比赛，是失了我们大田村的面子；我们派女子同他们比赛，那就是失了东洋大格！"

"讲来讲去，你心里还是重男轻女。"

这句话，一下子就把王怀仁噎住了。他们有三个崽，前面两个崽各生了两个妹子，他好希望第三个崽生个伢子，但李朝霞生下的第三个崽还是妹子。他心里失望，却又不能同别人讲。而且，他这点心思还不能让人看出来。

停了一会，王怀仁说："你硬是我的冤家，每回我讲事，你总是要反对，我讲东，你讲西！"

"不是我硬要反对你，也不是我硬要站在朝霞一边，是她讲的做的有道理。"

"三个女子一台戏，我看你们唱什么戏！"

"爸，讲老实话，我心里也一点儿底都没得。人是喊齐了，今天夜里我们就到袁玉家里商量怎么搞。今后划船的事，肯定还要你老人家多出力多想办法。"

"你们搞你们的，我能出什么力想什么办法？我连二十几个后生都喊不拢来！"

"爸，话不能这么讲。我刚才讲这怪不得你，是我的心里话，我要是你，也百分之百喊后生不拢来。一点儿都怪不得你。爸，你手里好像还有几块钱是村上的，我们今夜到袁玉家里开会，想买点东西吃了。"

"也好，反正只剩下几块钱，你就都拿去。你买了什么东西，要开条子，今后我好同村主任去算账。我还要告诉你，再要村上拿出多少钱来，只怕是难上加难。"

"爸，我晓得。我也同她们讲了，划这个船，一是要耽误一点儿事，二是累人，三是一分钱也没得。"

"你事先同她们讲好了就好，省得今后扯麻烦。"

"朝霞，你落心去做事，我支持。"瞿金花说。

王怀仁说："我支持，我支持你支持有屁用！"

瞿金花笑了笑："屁也有用，打了屁，顺了气。"

<h1 style="text-align:center">6</h1>

袁玉家里。

袁玉的崽王长庆在那边做作业。这边，袁玉、李朝霞、刘芙蓉、陈青兰坐着，一边嗑瓜子，一边商量事情。

李朝霞说："首先是多谢，多谢你们几个，讲句发憨的话，也要多谢我。我们厚着面皮，终于把人喊拢来了。"

刘芙蓉赞同道："同在船上愿船兴，客气就莫讲了。"

"那我就不讲客气了。既然大家坐在了一起，今后又要划同一条船，见外的客气话就不讲了。我先还是要把同你们讲过的那句话再讲一次，我们划船，只是讨累，没得一分钱工钱的。"

陈青兰说:"我怕到最后,吃累不讨好。"

袁玉说:"我们划船,又不是要去讨好别人。"

刘芙蓉说:"要讲我们讨好人,我们不讨好别人,我们只是讨好我们自己。"

李朝霞说:"我同你们都讲了,我们心里都没蛮多底。"

刘芙蓉说:"那肯定,只能草鞋没样,边打边像。"

李朝霞说:"既然是同一条船上的人,既然同一条船有那么多人,首先还是要选一个队长。"

刘芙蓉附和道:"要得,我同意,我们称秤,讲的是千斤只问总,这么多人一起来划船,不选一个为头的怎么要得?要我讲,这个为头的,不用选,就是你李朝霞。今后村上的妇女主任要是也由我们选,我第一个就选你。你是穆桂英挂帅,我们都是杨门女将。女将出马,有什么好怕!"

袁玉和陈青兰都说要得。

李朝霞说:"大家信得过我,我就不客气了,这个队长,我就当了。我们住得比较分散,要我一个人去喊麻烦。所以我想,大家吃了累,我做了队长,就像古代做了皇帝一样,我要封官。芙蓉,你做副队长,负责管你们山上的那几个人。青兰,你也做副队长,负责管你们东冲的那几个人。我们西山的几个人,由我来管。袁玉,我觉得你划船的技术最好,你就做一个技术队长。大家有意见吗?"

"这有什么意见?你安排得蛮好。"刘芙蓉说,"平时看你好像不大讲话,没想到是个肚子里行事的人。"

李朝霞说:"今夜我们要商量,今后我们怎么练。虽然我们都在船上待过,但都有蛮久没划船了,手多多少少有点生了。"

陈青兰说:"按照以前商量的,每天早晨练,这样耽误的事最少。"

刘芙蓉笑她："青胖子，你就晓得死做，赚那么多钱搞什么？俗话讲，钱这个东西，死了又带不进棺材。"

袁玉说："我也认为早晨练最好。"

李朝霞说："什么时候开始？"

袁玉说："我的意见是宜早不宜迟。到端阳，还没得两个月了。我们去河边村比赛，不是要搞个输赢，不过也不能太不像样了。"

陈青兰说："也是，划得有模有样，有鼻子有眼睛，输了也不失面子。"

刘芙蓉说："是要将谈神，像谈神。我认为明天早晨就可以开始，天气预报讲，明天没雨落。"

大家都没意见，就定在明天早晨五点半在河边聚齐。接下来的问题是，船还在村部，要怎样把它搞到河里去。

刘芙蓉说："等一下我们开完会，就去把人喊来，拿来绳子和抬船的东西。一条船有多重？我们不求人，特别是不求他们男人。要是我们去求他们，他们肯定会笑话我们，讲些不三不四的话。我虽是个面皮厚的人，但是听空话心里总是不舒服。"

李朝霞说："趁热打铁，事不宜迟，等一下就动手。船放在村部，锁匙在我家爷手里，我只要到他手里拿。"

刘芙蓉说："我还有个问题。我们女的划船，肯定有人讲东讲西，好像我们划船名不正一样的。我认为我们要下个死决心，不能搞着搞着就停了，就散了。"

袁玉说："这是个大问题。"

陈青兰说："你们可能是担心我吧。我已经答应了来，又去喊了人，我绝对不会搞着搞着就不来了。"

李朝霞说："我们没那个意思，我们都相信你，不相信你就不会喊你来，就不会让你做副队长。我们一共有二十一个人，谁也不能保证个个都像我们积极，不过至少，我们几个人要下定决心。"

刘芙蓉说："我认为我们要取一个好听的名字。"

袁玉说："就喊大田村龙舟队。"

刘芙蓉心直口快："这个名字不是蛮好，他们男人来划船，也可以取这个名字。"

陈青兰说："那就喊大田村女子龙舟队。"

刘芙蓉说："也不是蛮好。我们女子顶半边天，我看不如喊大田村半边天女子龙舟队。"

李朝霞说："这个名字，又是半边天，又是女子，重复了，不如简单一点，喊大田村半边天龙舟队。"

刘芙蓉说："要得，到底是队长。我只读过小学，你是高中毕业生，到底多读几年书，想事硬是不同。我是个足劲的人，可能你们认为，我们练好了同河边村的男子比赛，没一点儿赢的希望。我认为要把目标定高一点儿，我们争取赢得头筹。"

还没等她讲完，陈青兰就插嘴了："我们怎么能划得赢他们男的？"

"我还没讲完，你就把话抢过去了。划船比赛，都是搞三打二胜的。我当然晓得，我们划不赢他们男的，我们是争取划赢一局。我们只要划赢了一局，我们就是大赢了。"

袁玉说："那也是。"

李朝霞说："争取划赢一局，这个目标只放在我们几个人心里，我们不要再同其他人讲了，她们听了只怕会畏难。人一畏难，就不想来了。我最后再把分工的事讲一下。喊人，由我、芙蓉、青兰负责，划船技术方面的事，由袁玉负责。现在，我去我家爷手里拿锁匙，西山的人我去喊，也麻烦芙蓉和青兰去喊人。"

傍晚，乘着月光，一群妇女七手八脚费尽周折才把一条船抬到河里。路上她们只碰到一群人围坐在桌前搓麻将，上阵的、押鸟的，好生热闹。

王怀仁给了锁匙李朝霞，他没去看她们抬船，只是交代她，把船抬出来之后记得锁好村部的门。为了划船的事，他已经很没面子了。这些女人也喊划船，他算了她们的灵八字，认为她们只是搞着好耍的，肯定会半途而废。要是自己也参与了，那岂不是又要被别人笑话一回？

船下水了，却好像跟水有一点儿生疏。这些在水边长大、跟水打过很多交道的女人，也好像跟水有一点儿生疏。

但不管怎么说，船下水了，这些女人也必须下水，她们没有退路。

第三章

将谈神，像谈神

1

到得最早的是李朝霞和袁玉。

早上起了山雾，雾气笼罩得天色还似黑夜一般。毕竟是农历三月了，倒是不冷，但在这样的早晨，李朝霞和袁玉把手伸进河水里，还是感觉凉——不是凉快，而是接近冷的凉。雾气蒙蒙，船在坝上的河水里漂着。如果没有一根绳子系着，它就会随着河水漂，不要多久，就会漂到坝下。到时候，这个船肯定会翻的。现在，一根绳子牢牢地牵着它，绳子的另一端牢牢地系在河边一棵大柳树的干上——昨夜，李朝霞系的船，她在树干打了一个死结，反复用力地拉扯，确认它系得很稳当之后，才放心地同大家一起走了。

"袁玉，你讲她们会不会不来？"

"朝霞，你这个担心是多余的。她们肯定会来，照昨夜的样子看，肯定会来。就是不能百分之百来齐，大部分人会来。只要来了个八九不离十，我们就要划船。我们大田村的女子做事，还是蛮齐心的。"

雾慢慢地淡了。她们听到了单车铃声。

女人们三两个一群，陆续到了河边。清点人数，都到齐了。西山王家除李朝霞和袁玉之外，有柳冰玉、黄欢笑、徐荷花、徐艳姿、陈含英、蒋滟滟、吴丹丹。山上刘家有刘芙蓉、肖宏、张如嫣、田丽、戴伟平、阳鲜花、付流艳。东冲张家有陈青兰、黎美丽、徐如意、何明婉、张灿、黄映如。

李朝霞说："大家都来得蛮早，蛮准时。船就在我们面前的水面上，桨就在我们手中，我们是来划船的。到端阳不到两个月了，时间蛮紧。我们这回划船，没得半个钱，全靠大家自觉自愿。大家当然是来去自由，只是我觉得，既然决定了来，没得特殊事情，最好不要打退堂鼓。"

大家都应和道："来了当然要把船划好，我们都是在水边长大的，也划过船，也喜欢耍水划船。"

李朝霞说："我们这个龙舟队，昨天我们几个为头的商量了一下，取了个名字叫大田村半边天龙舟队。"

下面立刻有人随声附和，大赞这个名字取得好，长我们女人的志气。

"不是我李朝霞有当官的瘾，成立龙舟队最先是我的主意，所以呢，我就当龙舟队的队长。我们来自三个地方，住得比较分散，我们西山王家这一块就归我管，山上刘家归芙蓉管，东冲张家归青兰管，她们都是副队长。大家都是在水边长大的，都晓得划船。不过讲到划船，咱们中间最厉害的是袁玉，所以，她就做技术队长，专门管我们技术方面的事情。桨，昨夜就发到了大家手里，今后每回划船之后，自己负责把自己的桨收捡好，带回家里，注意莫让屋里的细人耍桨，把桨搞断。雾也散了，时候也不蛮早了，这些那些莫讲了，我们准备划船。下面，请袁玉讲几句话。"

袁玉说："划船，二十二个人可以，不过一般是二十四个人。今天我们来了二十二个人，足够了。今后要是还有人来，我们也欢迎。讲到划船，大家都是里手，我也不比你们强多少。今天我没拿舵来，我们只是拿桨划了试一试。好久没划船了，只怕这个船也会认生。不过，我们也要相信自己，毕竟我们是耍水长大的。好，上船，有什么问题，划了之后再来想办法解决。"

李朝霞把船的绳解了，大家拿着桨纷纷上船。也有几个人缩在后面，让后面的人走到自己前面去。刘芙蓉大声说："划船就像到别人家里做客，做客莫落后，落后没先吃到饭只怪自己。"

那几个人就再不缩了，大大方方走到船上。

这二十二个女人，两个一组，分成 11 组，一左一右。

大家坐定，袁玉说："顺序和位子都排好了，我们就要划了，大家听我的口令。预备——开始！"

每个人的桨都插入水中，都在有力地划动。到底是在水边长大的女人，到底是在船上晃晃悠悠过来的女人，那基本的技术入了骨，想丢都丢不了。因为划的是上水船，所以船前进的速度并不快。前行了三十米，船突然不听使唤了，它不是笔直前进，好像喝醉了酒一样，朝右边斜了过去。

"右边的人用大点力！"袁玉大声喊。

这声喊没起到什么作用，船斜了，打横了。

"左边的人先不要划，右边的人用力！"袁玉大声喊。

左边的人停下手中的桨，右边的人则加大了力气。船在迅速调整。

"等船快要直了的时候，我会喊一齐用力！"袁玉大声喊。

船就要直了。"一齐用力！"袁玉的声音大得惊耳朵。

左右两边的人都用上了大力。船直直地朝前面划去。

"对，就是这样！就这样划！"

船又朝上面划了大概一百米，再也没有出现打斜打横的现象。

"现在朝西边转，我们划下水船，不要用力，只要随便划，放松，只当是休息，然后再来用力划上水船。划到那棵拴船的柳树那里，我们就要打转。不能再朝下了，再朝下，我怕没搞得好，连船带人会冲到坝下面去。大家不要怎么用力，试着一左一右两个人协调好，两个人的力不可能完全一样大，我们想办法让两个人的力一样大，当然节奏也要齐。一组两个人划好了，一船人就都划好了，船就同箭一样笔直朝面前走，不会打斜，也不会打横。刚才打斜打横的时候，我生怕船会打横，那样就会在原地打圈圈。"

李朝霞说："我还担心船会翻呢。"

刘芙蓉说："翻了也不要紧，我们落下水，都做美人鱼去。"

陈青兰说："你做美人鱼，做梦还差不多！你做不成美人鱼，只怕是喂了鱼。"

划下水船，又轻松又快。

刘芙蓉说："长衣长裤都打湿了，刚才该脱了长衣长裤，只穿短衣短裤下船的。"

有人也说："下船的时候，感觉还有点冷，现在呢，长衣长裤也湿了，汗也出来了。"

多数人都讲今后要穿短衣短裤划船，穿了长衣长裤，总感觉有什么东西牵了绊了一样，又不自由又不舒服。

太阳出来了。水面上一下子变得波光粼粼的，划船女人水汗淋漓的脸也因为闪光而生动了很多。

有个女人笑着打趣："穿短衣短裤，怕不大像话吧。"

刘芙蓉说："你又不是红花女，伢妹子都好几岁了，还怕脱裤子呀。两家婆睡觉，脱个精光都不要紧，我们划船穿短衣短裤有什么要紧？"

那个女人忙解释："当然不要紧，我是讲着好耍的。"

袁玉说："大家要注意，眼睛要看事，心里要想事，手上要来事。眼睛要看事，是要看别人划船的节奏，跟得上也要合得拍。心里要想事，是要估计自己要用多大的力，桨应该从什么地方吃水，吃多深的水。手上要来事，是要得心应手，脑子里想好了，最后要落实到手上桨上。大家用点心，争取莫再让船打横，慢一点儿不要紧。"

到了那棵柳树那里，船轻巧地掉头，打直，然后又是向上，向上。划

第二回上水船，她们都特别用心，船也没有打横。

这样划了几个来回，女人们感觉手比刚下船的时候是要熟了一些，她们同船的关系也密切了一点儿，同水的关系也更亲近了一点儿。

好，今天训练就到此为止。她们把船靠到那棵柳树旁边。袁玉说："今天能够划到这个样子，已经蛮不错了。我相信我们划船是要，也会要出一点儿名堂一点儿水平来。刚才我看了大家划船，我觉得还是要重新分过组，一左一右两个人，要大致差不多。差得远了，两个人都发力，船就容易斜，甚至打横。"

袁玉很快就把这个组分好了。划头桡的是李朝霞和蒋滟滟，她们两个的力气蛮大，划头桡就是要这样的。接下来是陈青兰和刘芙蓉。刘芙蓉嚷嚷着："我同青胖子一组，她比我重那么多，我配她不上。"女人们都晓得刘芙蓉这是在开玩笑，因此只是笑。陈青兰觉得自己不能太老实，说："我又要比你重多少？当心你过一两年就要超过我。"刘芙蓉不饶："我超过你？下一世是有可能，这一世，我做梦都莫想了。"后面依次是：柳冰玉和付流艳、陈含英和黎美丽、徐如意和阳鲜花、戴伟平和黄欢笑、徐荷花和张如嫣、田丽和徐艳姿、何明婉和吴丹丹、肖宏和黄映如、张灿和袁玉。

她们忙了一会，才按这个顺序坐好了。

刘芙蓉说："袁玉，你就是《水浒传》中间的宋江，我们都是梁山好汉，你这是梁山泊英雄排座次。"

青胖子说："就你嘴巴多，三百斤的野猪，一来嘴最厉害！"

袁玉说："这哪里是梁山泊英雄排座次？暂时就按这样的顺序排了，大家要记住，今后可能还要适当调整。"

刘芙蓉说："袁玉，你这样搭配最好。左边除了青胖子之外，其他人都比右边的瘦一些。这样安排，左右两边就匀称了。"

青胖子说："你呀，就是一把三百斤野猪的嘴巴！少讲几句，又没人讲你是哑子！"

刘芙蓉说："耍还耍，笑还笑，笑了之后讲正事。袁玉，我看，我们就还划一个来回。一个来回之后，我们自然就把自己的顺序和位子搞熟了。"

青胖子说："现在你总算打了一个香屁。"

李朝霞和其他人，包括袁玉自己都认为刘芙蓉讲得有道理，于是她们又在河里划了一个来回。

2

第二天天气蛮好，龙舟队又早早来到河里搞训练。

刘芙蓉说："胳膊痛死人！"

陈青兰说："我扶犁倒耙，担谷打米，割草喂鱼，担粪泼菜，什么重工夫没做？我不觉得蛮累，身上也不痛，昨天把船一划，不但胳膊痛，全身都痛。"

她们都有这样强烈的反应。

袁玉说："这个没什么，正常。我们好久没划船了，突然划一回，肯定就有这样的反应。青兰讲她什么重工夫都做过，也不要紧，怎么一划船，全身就痛？划船也是重工夫，同其他重工夫不同，主要是手用力，全身也要配合用力，我们还不习惯，所以就痛。再划得几回，我保证你们都不会痛了。"

有人问袁玉："你痛不痛？"

"我又不是铁打的，我当然也痛。"

她们又下了船，一开始大家都担心划不动船，但真正划起来，胳膊和全身都没那么痛了。

真的像袁玉说的那样，划了几回之后，身上不痛了，好像人也变得力气大了。

虽然她们划船来得早，但还是有人到河边来看。她们先还怕人来看，怕有人说怪话。说怪话的人不是没有，但蛮少，她们后来也就不怕了：你们看你们的，我们划我们的。

3

女人们上了岸来，就开始叽叽喳喳扯谈，李朝霞把船拴好。

刘芙蓉说："你们东冲张家的人怎么不讲那件事？"

东冲张家的几个女人都说："哪件事？"

刘芙蓉说："你们呀，都是假正经！装聋卖哑！硬要我点出来你们才讲吧。"

陈青兰说："你这个话讲得没头没脑，我们东冲的人都是云里雾里，不晓得你是讲哪件事。"

刘芙蓉说："就是张金花那件事呀！你们东冲人把整个东冲看作一个家吧，家丑不外扬吧。"

张灿说："什么家丑不外扬，她是她，我们是我们。"

刘芙蓉说："我听讲，前夜农校两个老师到了张金花屋里搞家访，其中一个是农校的教导主任，他一坐下来，茶都还没喝，就劈面问张金花日里去了哪里。张金花就讲她哪里也没去。那个主任讲，他听别人讲，张金花去了淮阳一家医院，而且是去流产。"

张灿说："是有这么一回事。"

袁玉说："这个主任，话讲得也太直了，张金花才十四五岁，他也不给她一点儿面子。"

张灿说："话就是要讲得直捅捅的，张金花姓张，我也姓张，不过我不会替她隐瞒什么，她才十四五岁，才一拳头大，就搞那样的事，丑死人！"

何明婉说："只怕是农校的校长勾引她，她年纪小，没得社会经验，就上当了。"

她的这个说法，不但东冲张家（除张灿之外）的女人赞成，西山王家和山上刘家的女人也赞成。

刘芙蓉说："那个张金花我晓得，喜欢唱歌，我们这里有人家请西乐队来唱歌，她都要去凑热闹，还坐在那里打架子鼓，那个样子，那个派头，十足！"

李朝霞说："我听讲农校的校长也喜欢音乐，农校一共才两三个班，他只教了这两三个班的体育和音乐。听讲他笛子吹得好，琴也扯得好。"

刘芙蓉说："这就怪不得，一个女学生，喜欢唱歌，一个校长，搞吹拉弹唱。肯定是校长装作关心张金花，经常喊她去自己房里，一来二去，就有了名堂。"

张灿说："你们讲的也是，学生一般不大会防老师，就让老师钻了空子，就上了老师的当。"

有人说："还站在河边上扯什么谈？我们的衣服都是湿的，穿久了，只怕会得风湿病。"

刘芙蓉说："久的都站了，还怕多站了这一下子！我听人讲，那个校长的婆娘有心脏病，生不得伢妹子。"

张灿说："是这样的。我还听人讲，那个校长姓黄，他丈人公在乡上的文教办做领导。"

徐艳姿说："所以他犯了事才没事，反正这个世界，就是官官相护，猪护猪，狗护狗，猫儿护老表。"

大家想起徐艳姿去年咬乡上干部的事，一下子都不作声了。

有人说："太阳都这么高了，还不回去，我肚子都要饿瘪了！"

这么一说，大家的肚子都得到了提醒，一齐饿得咕咕叫起来。

"回家去啦！"

李朝霞和袁玉走最后，李朝霞说："袁玉，划船多余的东西，桨呀，舵呀，鼓呀，都已经放在你屋里，我想，今后我们龙舟队有什么事要商量，也到你屋里；你伢子读书去了，你屋里就你一个人，道静，我们商量起来也最是自由自在。"袁玉说："要得。"

路上，她们碰到两个四十多岁的男人。一个男人问她们搞什么来，另一个男人说："搞什么来？你还不晓得？划船来！"

"划船，划船搞什么？"

"划船能搞什么？今年端阳到龙虎乡河边村同男人比赛。"

"讲梦话！"

"你问她们，我是不是讲梦话。"

男人就真的问她们，是不是这么回事。

李朝霞说："是这么回事。"

男人一副不相信的样子："你们这不是伢妹子结婚——纯粹是搞着好耍的吗？这不是戏台下面开铺——图热闹吗？"

袁玉反驳道："热闹也要人图，过端阳图得个热闹也不错。"

另一个男人说："也是，你们还不快回去换衣服？等久了，不感冒也会得关节炎。"——他就是这么爱管闲事。

没办法，爱嚼舌头的反正爱嚼舌头，爱管闲事的反正爱管闲事。

4

三个女人一台戏。二十多个女人，唱的就是一出大戏。

每次早晨划船之前，这些女人都要叽叽喳喳磨一阵嘴巴皮子。王家长，张家短，刘家的不长不短，都要被她们翻出来讲。这对她们划船多多少少有些影响。作为队长，李朝霞心里很有想法，但她觉得自己不便说某某的不是——大家都这么讲，你不可以都责怪她们。

一次划船之后，她留住刘芙蓉："你等我一下，我有事要同你商量。"每回都是李朝霞走最后，所以，当她和刘芙蓉说话的时候，河边就只剩下她们两个人了。

李朝霞把自己的担心说给了刘芙蓉。刘芙蓉听后，先是打了一个哈哈，然后说："你讲的有道理，这个问题我也察觉到了，只是你晓得，我这个人，嘻嘻哈哈搞惯了，在划船之前扯谈，我是最积极的人。"

李朝霞接着说："你莫误会，我不是要讲你的不是。"

"我晓得你的意思，你是为了我们划船划得更像个样子，这个没错。这个问题是要解决。"

"你看这样要不要得？我们到了河边，打个招呼，然后就上船，认认真真划船，划完船后，想怎么扯谈就怎么扯谈。"

李朝霞赞同道："要得，蛮好，这样搞，既不耽误划船的事，又让我们有讲话的时间。"

第二天，刘芙蓉就召集了所有人说："从今天开始，我们到了河边，先只打个招呼，然后就搞我们的正事——划船。将谈神，像谈神。把船划好了，然后我们就歇，要扯谈的就扯谈。扯一阵谈，然后我们就回去。要是再像以前那样，先扯谈，确实会耽误划船的正事。我这个人，是最管不住自己嘴巴的。我当着大家的面，有言在先，要是今后我再在划船之前扯没边没际的谈，你们不管是谁，都可以撕我的嘴巴。"

大家哄堂大笑，打趣刘芙蓉："谁会撕你的嘴巴？"

"你们不敢撕，我自己撕。好了，再讲就是扯谈了，划船！"

第四章

刘芙蓉的
婚姻之船随水漂荡

1

刘佳宾从十几里路外的桃花洞回到山上刘家来了。父母正和两个人打麻将，身也没起。他同他们打了个招呼就走开了，自己泡了碗茶，去了卧室。

闲着无事，他在一个抽屉里乱翻，都是些针头线脑的小玩意，没什么好看的。他扯开另一个抽屉，里面是婆娘用的小东西。突然，他看见了纸，材料纸，一共两张，白纸上写着黑字……他万万没有想到，他发现了一封肉麻的信。信是对门开药铺的张文化写给自己妻子的。肉麻！狗男女！还写情书！不要狗面皮！贼做久了，总有被捉住的时候！白纸黑字，铁证如山！看他们怎么抵赖！约会？就在今夜！只有白纸黑字还不够，还得当场捉住！刘芙蓉，这回我要你失格，失回天大的格！莫怪我不义，首先是你自己不仁，你先做了初一，我才做十五的。踏破铁鞋无觅处，得来全不费功夫。他等了几年，终于等来了这样的机会。我先不声张，只当没这回事。他把信放回原处，一切东西恢复原状。关上抽屉，端起茶，他走出去。

"和了！"难得和牌的父亲总算和了一盘，积在心里太久的气一发出来，那声音就分外地响。我今夜也要去"和牌"呢，刘佳宾恶狠狠地想。

"爸，西山是死了人吧？"刘佳宾问。

父亲只嗯了一声，也没说是谁死了，就又去打自己的麻将。

刘芙蓉回来了，她跟丈夫不冷不热地打了个招呼。刘佳宾也不冷不热地敷衍了几句。刘芙蓉忽然好像想起了什么，快步向卧室走去。几分钟之后，她放心地走了出来。刘佳宾心里"嘿嘿"冷笑几声。这时，在外面玩耍的儿子跑了进来，他叫了一声爸之后就跑向刘芙蓉。"这个崽，横看竖看，越看越不像自己。"刘佳宾想。

2

刘芙蓉和刘佳宾关系不好，但谁也不会提出离婚的要求。一米四几的个子，又黑又瘦又不会赚钱，不要刘芙蓉，他刘佳宾还能要到谁？他清楚当初结婚的时候，刘芙蓉就不大情愿。

他是带来的崽，亲生父母把他看成是嫁出去的女儿——泼出去的水。这里的父母只有刘芙蓉一个女儿。他是他们的崽，但不是亲的，人人心里总好像隔着点什么。他长大了，到了该要娶妻生子续香火的时候（他来这里做崽不就是为了传宗接代吗？）媒人上门了。没有结果。一而再，再而三的失败。父母唉声叹气，他自己更是自卑得不得了。

"我一生一世也不带婆娘！"有一次他这样大喊。父母可不准他这么做："这怎么行？我们带你做崽就是为了传宗接代，你不结婚，我们不就要绝代吗？"女儿刘芙蓉长高了，一米六十的个子，块头也大，而且年龄也不小了。要是佳宾再找不到对象，他们两兄妹将就将就也未尝不可。老两口出此下策也是情非得已，关键是女儿点不点头。十六岁的女儿还有点儿懵懵懂懂，面对父母的苦口婆心，她说："既然爸妈是为我好，是为我们一家好，我就没什么好讲的。只是妹妹嫁给哥哥，传出去恐怕要惹人笑话。"母亲："没关系，你们又不是亲兄妹。""那好吧。"刘芙蓉只说了这三个字，她实在不想再多说一个字。但有了这三个字就足够了。老两口喜不自胜。

女儿一大，就有些蜜蜂蝴蝶围着她飞。父母管教再严，也是防不胜防。父母决定尽快办好婚事，免得夜长梦多。洞房花烛夜，刘芙蓉觉得平淡无奇，刘佳宾则感到累得不行。结婚之前，他们是兄妹，互相关心，有说有笑。同床共枕之后，他们就是夫妻了，关系反而不如以前。他远远不能满足她的要求，她有时简直是贪得无厌。她骂他没本事，是他害了她。他话也不回一句，没本事就没本事吧。他怕婆娘，怕天黑，因为天黑之后就要上床睡觉，他不想光着身子领教女人的"指甲功"。"人在床上一丝不挂的时候，她跟猪呀狗呀这些畜生是一样的"，刘佳宾想。刘佳宾不是刘芙蓉的对手，刘芙蓉就到外面去寻对手。她太想棋逢对手将遇良才了。开始是偷偷摸摸，生怕别人说三道四，指指点点。次数一多，羞耻感就淡如白开水。她怀孕了。她惊讶，苦恼。她晓得跟男人睡觉就会怀上小孩，但轮到自己一时难以接受，她还没有这方面的思想准备。这是谁下的种？她无法确定，只能说大概是某某吧。

　　刘芙蓉很快就把孩子生下来，是个男孩，母子平安。她和父母很欢喜，至于丈夫，他也应该欢喜才是。刘佳宾的无能不仅表现在床上，生活中他更是如此。他比谁都清楚婆娘在外面偷男人可就是抓不到把柄，你看气人不气人？婆娘是我刘佳宾的婆娘，别人凭什么白吃白拿？他又急又恨，可就是一点儿办法也想不出。万一让我撞上，莫怪我刘佳宾手下不留情！捉奸捉双，要亲临现场，不是件容易的事。活该刘佳宾倒霉，机会没有降临。时间一长，他也就懒得过问婆娘乱七八糟的风流韵事。过日子要紧，赚钱要紧，于是他到外面去做事。外面离家并不很远，十多里山路，名字叫桃花洞。多挣点钱是正经，至于婆娘，随她去吧。丈夫走后，妻子如鱼得水，乐得自在逍遥。

　　没有谁真能做到天衣无缝，不留一点儿蛛丝马迹，总会有露出马脚的一天。

3

捉贼捉赃，捉奸捉双，这道理刘佳宾懂。他担心自己一米四几的个子，去捉奸势单力薄，得请几个帮手。他有武大郎的身材，却不想吃武大郎的亏。父母靠不住，他是带来的崽，刘芙蓉却是他们亲生的女，他们自然帮她。刘佳宾早早吃了晚饭，他没跟父母打招呼就去了刘该来家。他们是本家，同辈，平时兄弟相称，关系非同一般——用刘佳宾自己的话来说是"斤肉两块"的交情。

"老兄，出来一下。"刘佳宾神神秘秘地说。屋里有其他人，自然不方便，而做这样的大事不能走漏半点风声。

到了屋外，他们在一僻静地方站定。刘佳宾看看四周，确定没其他人之后，他才说："老兄，今夜无论如何帮我一个忙。"

"帮什么忙？你只管讲就是。"刘该来一口答应。

"以最快的速度喊两个后生来。今夜我要做件大事。"

"什么大事？"

"等一下再告诉你。你快去！我在这里等你。"

几分钟之后，刘乾坤、刘造时跟在刘该来屁股后面来了。一共有了四个人，人手足够了，今夜一定能捉住……

"什么事？现在可以告诉我了吧。"

"这件事讲出来丑人，如今到了这个地步，我也顾不得太多了。刘芙蓉偷了在西山开药铺的张文化。他们今夜要做好事，你们说我该怎么办？"

那三个人交换了一下眼色，似乎这事出乎他们的意料之外，却又在情理之中。

"佳宾，这是天大的事，捕风捉影可不行。"四人中，刘该来年纪最大，为人处世也最老成持重。去年五月间与刘芙蓉的那一段情，他现在还记得。而刘造时和刘乾坤也有类似的苦衷。

"我当然有证据。我手里有他们的爱情信。"

刘该来说："站了这么久，我脚胀。佳宾，收好信，我们到我内房里去讲这件事。"

四人在刘该来内房坐下，刘佳宾拿出了信。三个不知底细的脑袋凑在一起看信。

这四个人都很气愤，刘芙蓉做下这样下流无耻的事情，把他们姓刘的面子都失尽了！还有一个谁也不会明说的理由——肥水不流外姓田。

"你们看怎么搞？"刘佳宾说。

"没什么好讲的，捉回来打一顿！"年轻气盛的刘乾坤火气十足。

刘造时同样愤愤不平："打断张文化一只脚！"

刘该来说："这事先要商量好，不能鲁莽。"

方向一致，商量起来很容易。不到五分钟，周密的计划就出来了：打断张文化一只脚，左脚右脚不论。

4

灵堂里哭声阵阵，哀乐飘飘。灯光朦胧，男女老少在灯光中走来走去，人的模样虚幻起来，乍一看去，人似乎成了影子，成了烟雾——死人的周围，原本就有鬼气的。连人说的话也好像是从遥远的地方传来的。白天，人们忙于做事。而夜晚，则刺激着人们最隐秘最原始的欲望。夜色，是最好的保护色。

刘芙蓉眉来，张文化眼去。心有灵犀一点通。

别人都没放碗，张文化却匆匆吃完了饭。他还有比吃饭更重要的事情要做。他离桌，刘芙蓉当即起身。急急忙忙洗了脸，你看着我，我看着你，都笑了笑，彼此心领神会。

两人一前一后，相隔二十米左右。到了药铺前面，张文化开门进去。看看四周无人，刘芙蓉也闪了进去。药铺的大门随即关得严严实实！

电灯亮了一分钟之后就灭了！

5

"该来，乾坤、造时，你们三个堵住前门，我从后门进去。我要他们跑都没地方跑！"刘佳宾低声吩咐着。

行动开始了。三个人站在药铺门前的马路上，刘佳宾悄无声息地绕到后门。根据事先的商定，刘佳宾大喊"动手"，另外三人才行动。

先让你们调情调足瘾，等一下我要你们的命！由于小心得不够，刘佳宾弄出了一点响动。

"外面好像有人。"这是奸夫的声音。

这个畜生，同狗一样灵敏。刘佳宾恨不得一口吞了他！

"过路人吧。"

"不是前面，是后面。后面不走人的。"

"怕是老鼠。"

外面可真是一只"大老鼠"。

"不像老鼠。"

"神里神经的，不落心自己开后门去看看。"

"好多东西堵着后门，一下子开不了。"

"那越发不要怕。"

奸夫也上床了。事不宜迟，立即行动。刘佳宾向后门扑去。遗憾的是他还没够着后门，踩在青石板上的脚就先滑了一下，重重地摔了一跤。

"谁？"

"你爷老子！你祖宗！"

火上加油，一冒三尺高，刘佳宾爬起来破口大骂。

屋内慌急乱忙。刘佳宾用力打后门，打不开。那畜生说的没错，他心里骂了一句，飞快地跑到前门，他忘记了发号施令，三拳两脚便将药铺前门打开，他闯了进去，拉亮了电灯。也许是做贼心虚，穿短衣短裤的张文化瑟瑟发抖。刘佳宾一脚，张文化的玻璃宝笼便哗啦哗啦。他正打算对张文化拳脚相加的时候，刘芙蓉从睡房跑了出来，衣穿好了，下身却只穿了一条短裤。她还来不及穿长裤，这也难怪，穿长裤比较费事。她面孔血红，满脸怒气！

"刘佳宾，你来这里搞什么？"这是真正的河东狮吼。

刘佳宾一下子愣住了。她应该跑，或者，她应该求饶，应该低头认罪，可是……

"你还不走？在这里失丑！"她厉声说。

刘佳宾懵了，只结结巴巴地说："我失……失什么丑？我不走。"

"好，你不走！看你走不走！"刘芙蓉跑上去，右手弯曲，死死夹着刘佳宾的脑壳，左手搭过去，和右手联合，任他怎么挣扎也没能把头挣脱出来。她用力拖。张文化惊愕一阵之后醒过神来，忙回睡房穿衣裤。人气急败坏的时候竟然力大无比，药铺那么高的门槛也阻拦不了刘芙蓉，她硬是把刘佳宾拖了出来。在路上继续拖，她恨不得一下子拖死他！那三个来帮忙的男人谁也不上前，只远远站着，看。路两边钻出不少看热闹的人，他们几时见过这样的西洋镜？他们一下子也弄不明白到底发生了什么事，因此全都袖手旁观。在路上被拖了二三十米，刘佳宾大喊："快放开我！我气也透不出！"由于脖子被勒得太紧，他的声音都变得像猪叫。

"要你喊！要你喊！"刘芙蓉不理会男人的要求，只是拖！

穿好衣服的张文化惊魂未定，他不敢走到路上去看。

当夜，刘佳宾负气出走，回到亲生父母家里。张文化关了门，想早早睡觉，有人来看病抓药，他也不开门。刚上床不久，他就听到外面有人打门，外面的人还大声说："快开门！"

会是她？不可能。越听越像是她。他起来开门。

站在他面前的赫然是刘芙蓉！

她说："我把长裤丢在这里，我来拿回去。"

第五章

羊肉没吃到，反惹一身膻

1

这几天，黄映如有心事。这心事与男人有关。

首先与文华乡国土所所长陈冬子有关。他隔三岔五来骚扰她。她不想跟他偷情，但又不便强硬地拒绝他，他毕竟是所长，得罪了他总不是好事。思来想去，她把事情告诉了丈夫张海量。

张海量说，这个畜牲，平常跟我称兄道弟，没想到黄鼠狼跟鸡拜年——没安好心。好，既然你不仁，那就莫怪我不义！

张海量让黄映如的心事加重了。有些事情做得，有些事情做不得。丈夫要做的事情，好像就属于做不得的事情。

2

陈冬子跟着镇上管政法的副书记黄灿斌到了东冲张海量家。时间当然是夜晚，事情当然是打麻将。张海量家是赌博的窝点，到他家打牌的，三教九流，多得很，也杂得很。

陈冬子有了一个全新的发现：张海量的老婆黄映如颇有几分姿色。他自己在乡国土所上班，他老婆在文华初中（当地人简称"一职"）教书，他们的家安在初中，他经常从东冲过身。这么好的打麻将的地方，自己以前竟然没有找到，这么漂亮的村妇，自己以前竟然没有发现，真是瞎了眼了！

陈冬子的老婆也长得可以，但老婆呐，总是别人的漂亮。再说，老夫老妻了，实在提不起太大的兴趣，过夫妻生活也只是例行公事，敷衍塞责罢了。作为国土所所长，他的工作作风一贯是严谨的。人家要起房子了，必须来找他。他呢，总是不紧不慢，总是要"商量商量""研究研究"。有些人不晓得里面的名堂，就在家里等着他"商量""研究"。如果你有足够的耐心的话，他可以让你头发等白。当你感觉到事情有点不大对头，去问他事情办得怎么样的时候，他总是有各种各样堂而皇之的理由来回复你。生活在这样的社会，就是一个再不开窍的人也懂得了人情世故，于是送他一些东西一些米米（钱）。这一来就好了，你不久就可以领到建房证了。他是敬业的，革命工作要做好，个人爱好当然也要顾及。他的爱好并不广泛，只喜欢三样东西：麻将、美酒和女人。在他玩麻将的圈子里，一个晚上的输赢多半在几千左右，属于比下有余比上不足的那一类。他人长得高大，且胖，到医院去检查，有脂肪肝，医生劝他莫喝酒，再喝的话，可能会变成肝癌。这吓出了他一身冷汗，自此他戒掉了酒。四十岁的他很悲观地想到，升官已无多大希望，至于财嘛，没发大的，小的还是发了，人生剩下的日子越来越少，爱好肯定也越来越少——只剩下了麻将和女人。除了到国土所画卯一般地坐几个钟头算是上班之外，除了回初中睡觉之外，其余的时间他不是奉献给了麻将，就是奉献给了老婆以外的女人。当然，我们也不能冤枉他，他并不是爱情或情欲至上主义者，对于女人，他是看得准，下手狠，脱钩快。

黄映如也打麻将，只是不上这样的大场面。碰到家里有这样的贵客，她只是在旁边看一看，最多是替手气不好的人"挑一挑土"，偶尔也有打麻将的人打发她去外面买东西——跑这样的腿是能赚几个小钱的。

陈冬子觉得，自己对这个女人有意思，好像这个女人对他也有那么一点意思。但人心隔肚皮，她到底是怎么想的，还是一个未知数。把这个女人弄到手，有三样东西让陈冬子有所忌惮。一是张海量家那两只狗，张海量偶尔到山中打猎，就带这两只狗去，这两只狗既会到山里跑，也会看家，很凶猛，很吓人。第二样让陈冬子有点害怕的是那杆鸟铳，虽然那是用来打飞禽走兽的，但人一旦被打着了，不死也得受伤。不过，最让陈冬子不敢贸然行动的，还是张海量这个人。

3

张海量曾经当过兵，复员回来后差不多就没做过农活，整天游手好闲，人有一米七五的个子，肩膀又宽，发起火来，样子又恶，很多人都怕他。如果他穿上西装革履，却又派头十足，他说自己是个镇长或局长，任何人都不会怀疑。

他是赌场上的高利贷者。有些人在桌上输了个精光，心里只想着如何翻本，于是就向人借钱。张海量就是这样的债主，放这样的债是要冒很大的风险的，万一借钱的人又输了怎么办：要钱没有，要命有一条！碰上这样的无赖，一般人是没有办法的。但张海量不怕，你无赖，我张海量比你更无赖！你不要命，我张海量比你更狠！要动手吗？你来试试，我张海量三两下没有制服你就算我没本事！所以，他放赌场的高利贷是安全的。这样的高利贷高到什么地步？你向张海量借一千块钱，他只给你九百块钱。你如果当天翻了本，就得给他一千二百块钱。如果你当时手气仍然不好，等十天半月之后再来还这个钱，那就对不起，这个钱就至少要变成一千五了。时间拖得越久，你背上的还债包袱就越重。

张海量还有一个角色是"抬轿子"。有外地人来这里赌博，有时候人手不够，张海量就加入进来。他不管输赢，只管进钱。有本地人和他早就暗通好了，他们就"抬轿子"，搞"二吃一"，甚至"三吃一"的把戏。这样赢钱的可能性非常之大，他也不贪，往往跟同伙是三七或者四六分成，他得小头，别人得大头。万一输了，表面上看他也要出钱，其实只要外地人一转背，他的同伙就会把他拿出的钱如数给他。

像他这样的人不是农民，他比农民活得有味得多，轻轻松松，自由自在。他复员回来不久就结婚了，当时人们都认为当兵的人是"最可爱的人"，加上他人长得帅，所以他就娶了个漂亮的老婆。就在他们的儿子快六岁的时候，他要跟老婆离婚了。原因是他和自己老舅的女儿好上了，这个姑娘不一定比老婆漂亮，但比老婆年轻。他老婆不知道是认准了从一而终的伦理，还是有什么别的考虑，反正死活不离婚。好多人来做他的工作，包括他的父母，他的亲戚。时间一久，他也就没和老婆离婚。

他这样的人自然成为地方的知名人士，地方上如果要搞捐款之类的事，他也许做不了头，做不得地方的主，但如果说地方上的人和外地人闹了什么纠纷，那你去找他就不会错，你就是不去找他，他也会主动前来打抱不平——反正是没事干，这样的热闹他怎么能不凑呢？这样的浑水他怎么能不来蹚一蹚呢？说不定混水里可以摸到鱼呢。用当地一句土话来说就是：事不烂，没钱赚。

张海量并不是只有一些狐朋狗友，镇政府就有好几位干部跟他关系很铁。比如黄灿斌，在张海量搞新房成功酒的时候，还曾卷起袖子帮他在厨房炒菜。派出所每回抓赌，张海量都榜上无名。在这些干部面前，他是很舍得弄好吃的侍候他们，所以他们都认为他大方，又是地方上的头面人物，万一碰到了什么棘手问题，请他出面也就是哥们帮哥们。张海量叫黄灿斌"斌哥"，黄灿斌叫张海量"海老弟"。

张海量这样的人物，能是好惹的吗？

4

但陈冬子所长是明知山有虎，偏向虎山行。在他眼里，只要女的样子周正，那就没有下不得手，动不得的。只是他承认，事情要成功，难度不小。

一个星期天，张海量跟几个人到内山里打猎去了。

陈冬子骑着摩托来到张海量家，把摩托停在前坪。迎接他的是黄映如："哟，陈所长来了。"

他边朝屋里走边问："海老兄在家吗？"

"不在。"

真的不在，他不在家所以我才来。

"那你们家今天也没有场子？"

"没有。"

"今天我没事，原本想打一天麻将的。"他边说边作势朝外面走。

"我们屋里虽然没有麻将打，你也不要这么着急，吃碗茶再走不迟。"

他听了女人的话，在客房里坐下来。

这个女人对我有意思吗？好像有。有是有，好像不是太多。我们都是过来人，等一下我用话语挑逗她，看她有什么反应。

就在这一天，他确认了她也想和他有来往。但令人不解的是，当他提出进一步的要求时，被她拒绝了。他当时有些灰心丧气，过后一想，这个丰满的女人，这个性感的女人，确实与众不同，他喜欢味道独特的女人。只要最终能把她钓到手，过程长一点会更刺激一点。

事情的发展越来越顺利，他和她的感情也越来越明了。他吻了她，也摸到了她，离那个最终目的越来越近。

他说："我忍不住了，你就脱了吧。"

她要他先脱，先到床上去。

他真的把自己脱得一丝不挂，先躺到床上去了。

她坐到床边来了。

他一把将她放倒。

就在这时，房门开了！

冲进来三个男人，其中有一个就是张海量！

他先扇了老婆一个耳光！骂她贱，不要脸！

黄映如哭哭啼啼地走开了，出去了。

陈冬子吓得魂飞魄散，他的脸上被扇了好几下，还有人把他的光身子照了相！

张海量把陈冬子从床上拎起来，摔在地上。

"你一个国家干部，做这样违法乱纪的事！平常还和我称兄道弟，原来是畜生！朋友妻，不可欺。光天化日之下，做这样猪狗不如的事！快起来衣裤穿好，看了你这个丑样子，我就作呕！"

陈冬子穿好衣服之后，仍然惊魂未定。

"你滚吧！你这个畜生！我们家今后不再欢迎你！下回你再踏进我们家一步，我就打断你的脚！我就让狗咬死你！这件事，我会告诉你们领导和你老婆的。这些相片，我也会交给他们。你滚吧。"

这个时候，陈冬子的六神已经归位，他开始有自己的主意了。张海量要他滚，按道理说他求之不得，但他并没有滚。他对张海量说，想跟他谈谈，只想跟他谈谈。张海量说，出了这样的事，还有什么好谈的！但话虽这样说，张海量还是努努嘴，让其他人出去了。

陈冬子问能不能私了。张海量首先不愿意私了，作为男子汉大丈夫，他受了这样的奇耻大辱，他必须让陈冬子受到该受的惩罚。但他经不住陈冬子的再三哀求，终于答应私了。

接下来的问题就是钱的数目了。陈冬子要张海量开个价，张海量却说："出了这样的大事，你自己必须有个公道！"陈冬子说："那就六千吧。""六千？"张海量说，"算了，我们还是公了！六千！你这是打发叫花子！"陈冬子说："既然你说六千少了，那你开个价。""一万五！"张海量说，"就这个价，我说一不二。"陈冬子嫌一万五太多了。讨价还价的最终结果是：一万二。

但陈冬子身上只有两千块钱，他说能不能写个一万块钱的欠条。张海量断然拒绝这样的要求。没办法，陈冬子只好打个电话给了自己的一个朋友，说自己在东冲张海量家打麻将输得一塌糊涂，要他拿一万块钱来。

不久，陈冬子的朋友骑着摩托到了张海量家。

陈冬子边给钱张海量，边大声说："今天的手气真是坏到家了，总是输，总是输，我还从来没这么输过。"

5

这事本来做得很隐秘，但后来还是被很多人晓得了。

地方上有人说，这是张海量和老婆商量好了，挖了这么一个陷阱，让陈冬子往里面跳，陈冬子还真的就跳进去了。当然也有持反对意见的："这怎么可能呢？"前者就说："怎么不可能呢？听说，张海量给老婆一个原则，就是只能让陈冬子吻她、摸她，坚决不能让他动她。话说得有鼻子有眼的，你不信都难呀。"

另外有人说："这也怪不得别人，谁叫他陈冬子是个有缝的臭蛋呢！"

这些说法都只是说法，既没有证据证明其真，也无法证明其假，所以不能作为呈堂证供。

陈冬子也隐隐约约觉得自己上了恶当，羊肉没吃到，反惹一身膻，心里那口恶气难以咽下，想报复张海量。俗话说，民莫与官斗，因为自古官官相护。但是，张海量不是一般的"民"，他是刁民，很难对付。俗话又说，穿皮鞋的怕穿草鞋的，穿草鞋的怕打赤脚的。世界上有三莫惹：女人、小人和叫花。张海量就是一个打赤脚的刁民，一个专门要无赖的小人。所以陈冬子思来想去，最终放弃了报复的念头。

6

黄映如好害怕，总担心陈冬子来"还礼"（报复）。张海量对她说，你落一万个心，就是有人借一百个胆给陈冬子，他也不敢来"还礼"，除非他不怕死。去划船的时候，她好怕同伴，尤其怕刘芙蓉，讲陈冬子的事。但是，刘芙蓉没讲。刘芙蓉不讲，其他人也不会讲。看来，刘芙蓉也晓得什么事情讲得，什么事情讲不得。

第六章

划船的女人都非等闲之辈

1

1993 年，女人划船当然是大田村最重大的事情，但也有另外的事情能引起当地人的兴味。

机会难得。

金桥的江宗佑到大田村西山王家来喝寿酒。说起这个江宗佑，西山王家的好多人都晓得他的大名。金桥离大田有三四十里路，骑单车要用两个钟头。一年中他一般要到大田来一回，来一回就醉一回。"酒就是他的命"，这是人们对他的评价。每回喝醉之后，他一定呕得满地都是，因此主家也好，跟他一起吃饭喝酒的人也好，多半不喜欢他。不过，事情也有奇怪的一面，事后人们谈起他，嫌恶的情感却已经很淡了——他的醉，他的呕，成为人们茶余饭后的笑谈，带给人们不少快乐。

王怀珠老人做七十大寿，嗜酒如命的江宗佑来做客。当地人都晓得，今天，他要抓住这个好机会，要狠狠地醉一回。饭桌上，他总喊要喝酒，而且讲要喝足瘾。陪东陪着他喝了六杯酒，认为顶可以了，就去盛饭了。

江宗佑晃了晃空酒瓶，喊："搞酒来。"

其他桌上的客人都望着他，他讲话的声音实在太大了，他讲的话实在太伤人了。他讲："每回到你们西山王家来喝酒，总是有好客没好陪东。"那个陪东晓得自己再喝就要醉，便适可而止，人喝的是酒，又不是牛尿。再说，他陪客人喝了六杯酒，已经尽职尽责了。他不理江宗佑。

江宗佑自己倒了一杯酒，一饮而尽，说："你们西山王家没人，能喝酒的男人都到外面做事去了，剩下来的男人，都喝不得酒！老子才刚刚喝酒，你们就不来了！一点儿味道都没有！今日我们是来喝寿酒的，不是来做饭桶的！你们只晓得吃饭，不懂得喝酒的味道！吃吃吃，你们就晓得吃，同猪差不多！"

柳冰玉也是坐在这一桌，她说："喝了六杯酒，差不多了，再喝，你就要醉。"

没人回话，江宗佑自说自话："好无聊！"现在看到有人答嘴，江宗佑更来劲了。他说："再喝我会醉，笑话！我是海量，再喝十杯也没一点儿事！"

柳冰玉不客气地说："你就晓得吹牛皮。"

江宗佑说："牛皮不是吹的，有本事你们西山派人同我喝，今天不喝出个输赢不散场！"

"我陪你喝怎么样？"柳冰玉说。

"你陪我喝？你一个女人，不是我小看你，你就不要同我喝酒。"江宗佑看不出眼前这个普普通通的女人能喝酒。他继续说："好男不与女斗，你们西山王家的男人都去了哪里？怎么划船要女人去划，喝酒也要女人来喝？"

柳冰玉说："你不就是要人陪你喝酒吗？讲那么多废话搞什么！我们西山王家的男人不是喝不得酒，是他们有酒德，他们不跟你一般见识！他们不像有些人，一喝了酒就乱讲话！我们西山王家，根本不要派男人出马，派一个女人同你喝，就能搞醉你。"

一桌的人都看着他们，一厅屋的人都看着他们。好多人已经吃完了饭，本来要回去的——客到主人欢，客走主人安——但现在，晓得有热闹看了，他们就朝这一桌围拢来。

江宗佑说："你要喝酒，好，也要得，我记得你刚才只喝了四杯。你要同我比，你把两杯酒补起来。"

"补起来就补起来。"柳冰玉自己同自己筛酒，然后豪爽地一饮而尽。两杯酒都是这么喝下去的。

她说："两杯酒我补了，现在怎么喝？"

江宗佑说："我忘记了，刚才我还多喝了一杯，我喝了七杯，你要同我比喝酒，你还要再喝一杯。"

"不就是一杯酒吗？"柳冰玉又同自己筛了一杯酒，又是一饮而尽。这个喝法，有些吓人，不但吓住了西山王家本地的人，也把江宗佑这个客人吓了一跳：就是男人喝酒，喝这么陡这么急的也少见。

柳冰玉说："现在，我也喝了七杯酒，没比你少喝吧，你讲，你要怎么喝？"

江宗佑说："本来，好男不与女斗，既然你们西山王家没有男人应战，只能派出女人来同我喝酒，我也就只好勉为其难。我要怎么喝？入乡随俗，我是来做客的，随你们主人讲怎么喝，客听主安排。尤其你是女人，你讲怎么喝就怎么喝。"

"好，我们不用杯子，改用饭碗喝。"柳冰玉要这桌上原来那个陪东去厨房里拿出两只一样大的饭碗。

她恭恭敬敬地同客人筛了一碗酒，然后同自己筛了一碗。两碗酒都是满满的。她说："今日你来做客，你是贵客，你要是认为自己不能喝了，也不要霸蛮。"

江宗佑说："我霸什么蛮？我就是来喝酒的！我又不是怕瘆的和尚！"

其他桌上还在吃饭的人，也端着碗下桌来看他们两个人喝酒。有个人说："姨爷，今天你要加油啊！"

江宗佑说："今天我不醉不归，舍命陪君子。"

有人说："她是女人，不是君子。"

客人说："那就是舍命陪巾帼英雄。"

柳冰玉指着桌上两大碗酒，说："酒是我筛的，免得你讲我不公平，你先选酒端酒。"

江宗佑眯着醉意蒙眬的眼睛，看了看两碗酒，说："好手法，两个碗一样大，酒筛得一样满，无所谓选不选，本来，我是个好酒贪杯的人，想选一碗满一点儿的，现在，不要选了，都一样。"

柳冰玉说："既然你讲都一样，那我就随便端一碗。"她端酒敬客人，先干为敬，把酒一饮而尽。一厅屋的人叫好！

江宗佑有点心虚了，不要说女人，就是男人，这么喝酒的也是打着灯笼火把都难寻。柳冰玉都喝完了，他怎么能不一干到底呢？一厅屋的人叫好！

"还喝不喝？"她问。

"怎么不喝？"他晓得这不是退缩的时候。

"还是用饭碗？"

"还是，用饭碗。"

柳冰玉的面红了。客人的面早红了，他讲话口齿都不清了。

一碗酒，她又是一饮而尽。他硬着头皮，死撑着也把这碗酒喝下去了，不过，他是做两回喝下去的。

"还来不来？"她问。

他没回她的话，而是同烂泥巴一样栽到桌子下去了。

那个叫江宗佑姨爷的人要去扶他。

柳冰玉说："大家先莫去扶他，先站开，他就要……"

大家都赶快走开。

果然，江宗佑把自己变成一挺重机枪，死命地往外面射！只是他射出来的不是子弹，而是饭、菜、酒和那种混杂的难闻的气味。

柳冰玉一喝成名。

她喝了那么多酒之后，只是面红耳赤，走路却跟没喝酒时一样稳稳当当。当天下午，她回去睡了一觉，起来后她还到菜园里去锄了草。第二天，她照样去划船。

同伴说："柳冰玉，真看你不出，你喝得那么多酒！先是喝了七杯，然后又喝了两饭碗，加起来有一斤多酒，那个男人被你灌醉了，你自己屁事都没有！"

柳冰玉说："我哪里喝得酒？我只是听他讲话太不动听了，要教训他一回，免得他今后总讲我们西山王家没人。"

同伴说："今后，他肯定再也没面皮讲我们这里没人了，他这回的面子，是失大了，他真的是失了东洋大格！柳冰玉，你牛，你替我们这里出了气，也替我们划船的女人出了气。"

刘芙蓉说："冰玉喝酒喝赢了男人，我想，我们今年端阳划船，也划得赢他们男人，你们认为我讲的有没有道理？"

"有道理！"

柳冰玉红了脸，说："你们再要这么讲，我的尾巴都要翘到天上去了。"

江宗佑整整醉了两天，在自己的姨侄子家住了两夜。本来他第二天就要骑单车回金桥，但身子不听他的，脑壳又痛，不要说骑单车，连床都起来不得，怎么走？

等他酒醒了，王怀珠特意跑到床边，同他扯谈。

江宗佑说："不好意思，我真的喝醉了，麻烦你们了。"

王怀珠说："都是亲戚，说什么麻烦的话。"

江宗佑说："我自己都晓得，喝醉了，出丑了，害了你们主家。"

王怀珠说："再要讲麻烦的话，就太见外了。"

江宗佑问："那个女人叫什么名字？"

王怀珠说："姓柳，名字是冰玉。"

"我没想到，一个女人那么喝得酒，我上了她的恶当，这回是我醉得最死的一回。"

"不是我讲你，是你自己话没讲好，怪不得她。"

"也是，不过，你们西山王家，男人喝不得酒，女人厉害。"

"你呀，是死老虎不倒威。"

"喝得酒的女人，划船肯定也厉害。我听讲她们今年端阳要同龙虎乡河边村的男人划龙船，是不是有这么一回事？"

"是有这么一回事。"

"那河边村划船的男人要当心了，莫像我一样阴沟里翻了船，上女人的恶当！怎么，你不信我的话？你不信她们划得赢男人？你就当我放了一个屁，不过，今年端阳之后，你们就会晓得，我放的是一个蛮灵的屁。"

2

张鹏程有两个崽，大崽叫张远志，已经在东冲起了两间红砖房，细崽张远见，住的还是土砖房。红砖房是洋房子，土砖房是土房子。你喜欢洋房子还是土房子？想都不需要想，答案就出来了：洋房子。张远见和徐如意夫妇俩做事舍得吃苦，省吃俭用，积累了一些钱，再同别人借一点儿，他们也可以起两间红砖房子了。但好事从来多磨，这夫妇俩为在哪里起红砖房子发生了矛盾。

张远见认为，事情非常简单，只要把旧房子拆掉，在原地基上起两间红砖房子，即所谓的拆屋起屋，这样，连扯建房证的钱都可以省不少。徐如意的看法不同，她认为，东冲这个地方太偏了，她想把房子起到山上刘家去，因为马路就从山上刘家穿过，那里交通发达，今后好发展。

夜里，睡在床上，夫妻俩又在讨论这事了。

"爸爸妈妈，还有哥哥，都讲把屋起在东冲好些。毕竟东冲我们住了好多代了，是我们的根。山上那个地方不是不好，它是山上人的山上，不是我们东冲人的山上。我们要是把屋起到那里去，要重新同人打交道。"

"这有什么好怕的？山上它也是大田村，隔我们也只有几脚路远。我们做人正派，怕什么？身正不怕影子斜，为人不做亏心事，半夜敲门心不惊。你到淮阳做事都不怕，怎么把屋起到山上去就怕了？"

"我们在山上又没得一分土一分山，我们总不能屋起在空中吧。"

"我同你讲过好多回了，我们在山上是没得一分土一分山，我们可以同他们兑。"

"怎么兑？讲起来容易兑起来难。"

"我有个想法，我们把滩边的田同山上的人兑荒山。"

"那我们不是吃大亏了吗？"

"你晓得什么？只看眼面前，我们用田兑荒山，是吃了亏。看远些，我们就会占面子，占天大的面子。"

"我们有什么面子占？"

"要是把屋起到了山上，交通比这边发达，不要几年，我相信山上会比我们这里热闹得多，甚至可能比西山还要热闹。"

"将来的事情，谁也搞不清。"

"你晓得西山为什么住了那么多人，那么热闹吗？"

"还不是因为近河？"

"就是，近河，它交通就发达。我听爸爸妈妈讲过，以前没修马路的时候，捞刀河里有船运东西。船把远处的东西运到我们这里来，在码头上卸下来，然后靠人用肩膀一担一担担走，或者用土车子一车一车推走。如今有了马路，河里就没得船运东西了。如今交通发达的地方就是马路边。交通一发达，人就都朝它那里去，它那里人就多了，人一多，生意也好做了。"

"你想做生意？"

"我是想做生意。"

"做生意，我们又没本钱。"

"我们做点小生意。"

"山上刘家有人开了小店子。"

"我晓得，别人开别人的小店子，我做我的小生意，生意是自己做自己的。"

"那倒也是。要是拆屋起屋，扯建房证都要省好多钱。"

"这能省多少钱？起新屋要花那么多钱，扯张建房证多花点钱，那只是一个零头。下了一跪，还怕多了一拜？"

"我们滩边那丘田面积是 5 分，你同山上谁去兑荒山？"

"我们一起划船的时候，我就同阳鲜花讲过这件事。"

"阳鲜花是谁？"

"她是刘增强的婆娘。"

"刘增强我认得。"

"我讲我们用滩边 5 分田兑他们马路边一块荒山。他们已经起好了新屋，那块荒山对他们没得什么用，只有几棵死都不长的松树，还有一些灌木同茅草，不值钱。我也去那块荒山看过，阳鲜花讲面积有 7 分。起两间红砖房子，还有多，我们可以开几块菜地出来。"

"用 5 分田兑 7 分荒山，我们又没占面子。"

"你呀，名字都是远见，怎么想起事来，只想眼面前？"

"我还是要同爸爸妈妈哥哥商量一下。"

"同他们商量做什么？我们两个人商量就要得。你同他们商量，他们又是要你起东冲这边！"

"那你讲怎么办？"

"明天我划船之后，就同阳鲜花把这事落实一下，她丈夫这几天也在屋里，趁了这个机会，我们明天夜里就到他们家去把兑换协议写了。协议写了之后，我们下半年就去把那块荒山的松树、灌木和茅草砍了，铲平，这个荒山还是比较平，不要花蛮多力气。然后我们就起新屋。"

"我随你，只是今后你莫来怪我。"

"我哪里会怪你？你今后也不会来怪我，你今后只会讲我今天看得远。"

事情就这样定下来了。

第二天夜里，张远见和徐如意夫妻就按照约定，到了刘增强家。刘增强请来文华中学的语文老师王安国。王安国从学校带来了材料纸、复写纸和圆珠笔，协议也是他写的。他把协议念给两对夫妻听，那两对夫妻都点头说，就是这样的。协议一式两份，两对夫妻都签了字，王安国作为中间人，也在协议上签了字。协议甲乙双方各执一份。喝了一点儿酒，吃了一些东西，扯了一阵谈，皆大欢喜。

徐如意是个很有主见的女人，她觉得，那条大船，她要出一份力，大家合伙齐心把它划好，而自家这条小船，她更要划好。

3

划船的女人，都非等闲之辈。

这些女人过日子，也是一天天过。她们等闲和非等闲的故事，有的已经发生，有的正在发生，有的将要发生。

哑女也来划龙船

1

黄梨花问媳妇陈映雪："映雪，你看见迎春了吗？"

"没看见。"

"这个家伙，不晓得又跑到哪里去了。"

"妈，今天我煮早饭。莫在乎她去了哪里。"

"这个家伙，一大早就乱跑，莫把自己跑失了。"

陈映雪一边淘米一边说："妈，迎春好灵泛，她怎么会把自己跑失？"

"干伢子起来了吗？"

"还没，他还同他爸睡在床上。"

"让他们两爷崽多睡一会儿也好。迎春那个家伙，只怕是到河边看那些女癫子划船去了。"

"怕是的。"媳妇一边回话一边把高压锅放到煤灶上。

黄梨花一边择小白菜一边叫媳妇坐下。她说："迎春去了哪里，你应该清楚。"

媳妇坐在家娘身边，一起择菜。她说："妈，迎春真的没同我讲。"

"真的没同你讲？"黄梨花说，然后笑了，"只怕是她同你串通好了，一起来骗我吧。"

"妈，俗话讲，娘女最亲。我们睡在楼上，你睡在楼下，她要出去，肯定要开大门，她去了哪里，你应该比我还清楚。"

"我清楚个屁！我要她同我睡一床，她总是不肯。女一大了，心思就多了，你就不晓得她心里到底想些什么，到底是怎么想的。好多话，她都不同我这个做娘的讲，她都同你讲。映雪，你莫误会。这不是歹事，是好事。我们王家讨了你这个媳妇，是我们的福气。"

"妈，我有什么好的。都是你这个做大人的做得好，我们做晚辈的只是跟着你。要是我们做得还算不错，那都是因为你这个大人做得好。"

"你呀，又会做事，又会讲话。"

"妈，迎春多半是去了河边。"

"我也是这么想。映雪，你看，她莫不是也想去划船？"

"讲不定。只是她这些天经常去看她们划船，好像魂都不在这个屋里，在河边，在船上。"

"她也想去划船？笑死人！"

"妈，不是我要讲你，迎春是我们王家的女，你都这么讲她，别人就越发讲她。她可以到河里游泳，讲到划船，只怕比一般的人没得差。"

"划什么船？尽搞空的！"

"妈，依我看，总比长期守在麻将桌上要好些。"

"这倒是。等一下迎春回来了，我一定要讲她。她到河边看划船，把心看野了，人也变懒了，以前，她抢着搞早饭，一去看划船，就不记得搞早饭的事了。"

"妈，不是今天早晨我硬要同你唱对台戏，其实迎春一点儿都没变懒，同以前一样勤快。她早晨做的事是比以前少，不过，其他时候她做的事比以前还要多。两抵之后，做的事比以前还要多一点儿。"

"她太不想事了，这么大了，还没嫁出去，她心里好像一点儿都不着急。"

"妈，我晓得你急，其实迎春自己心里也急，只是她不把急表露出来。结婚的事，也急不得性，只能慢慢来。要是急性嫁了个不好的人，那就要过一世不好的日子。"

"我做娘老子的也不是就急着要她现在就嫁人，她也不能不想事。"

"妈，迎春心里好想事。"

2

今天好像要落雨，但那些女人们都早早地到了河边，上了船，讲了一会儿话之后，就划起船来。

划船的头几天，有不少人到河边来看热闹。几天过后，来看的人就少了，越来越少了。热闹看过之后，他们也就见怪不怪了。只有一个人，她几乎天天到河边来她们看划船。母亲说："迎春，你天天去河边看划船，有什么味道？"王迎春笑着，点着头。母亲晓得她的意思是，看划船有味道。

河岸上只有王迎春一个人，她站着看。二十多个人划一条船，不打横，成一条直线冲上去或者冲下来，这需要她们心朝一处想，劲朝一处使。她们手中的桨就像一口巨大的牙齿，狠狠地咬进河水里，然后又轻巧地松开。溅起的波浪拍打着河岸，河的两岸好像被波浪打开，要朝两边挪动，河好像要变宽。

这条河，王迎春是熟悉的，她小的时候，同好多伢妹子到河里洗过冷水澡，她还同一些伢子比赛谁在水里憋得更久，她输过，也赢过。龙船，她上去过，也划过，当然都是闹着好耍的。现在，她们不同，她们是一只龙舟队，到时候，要同外地的男人比赛。自己要是去划船，不讲会划得多好，至少是比上不足，比下有余。

划船的女人在船上休息。刘芙蓉冲着站在岸上的王迎春大声说："迎春，你天天来看我们划船，你就不手痒？"

王迎春只是笑，既不点头，也不摇头。

李朝霞说："芙蓉，你莫乱讲。我们划船，累死人，只是搞着好耍的？"

"我是同迎春开个玩笑，你就当真了？"

船上有女人说："迎春，我那幅布有个细地方我不晓得绣，到时候我来问你。"

王迎春笑着点头。

天还是很暗。

李朝霞说："今天只怕要落雨，我们少歇一点儿，等一下早点回去，淋了雨不好。"

女人们又开始划起船来。船上没人打鼓，她们就自己整齐地喊着"一二一二"。

王迎春看到船像箭一样射到上面去，不久它又像箭一样射到下面来，好像要射到她身上一样。要是箭真的射到她面前，她相信自己能用两只手把它接住。过端阳的时候，她曾看过划龙船比赛。那个时候，好热闹。并排两条龙船，两条船上都坐着二十多个年轻力壮的后生。只要一开始，两条船上的人就把吃奶的力气都用出来，谁也不想落后，谁都想争先。岸上，有人打铳，有人放鞭炮，有人喊加油，有人吆喝卖东西，有人走动，伢妹子往往是四处乱跑乱钻。现在，她们只是在训练，不是在比赛。别人也许认为这没什么好看的，但王迎春，却看得津津有味。

船上的女人们一个个都上来了。李朝霞把船拴在一棵柳树上。她们散场了。

王迎春骑着单车先走。半路上，雨就落下来了。她想，那些划船的女人，肯定要淋雨了。

回到家里，她一身渍湿。

母亲看到她，说："你真是个癫子，你看这两天还有谁去看她们划船。

只有你！只有你不痛不痒！你看，把一身打个溻湿！"

王迎春看着母亲笑。

"笑笑笑，只晓得憨笑！还不快去洗澡！"母亲大声说。

王迎春走到后面厨房里，拿铁桶到煤灶上舀了一桶热水。黄梨花也到厨房里来了。王迎春把那桶热水放在地上，向陈映雪比画着手势。她先用右手比画着拿筷子扒饭的动作，然后右手食指指着自己的头，最后连连摇着右手。

黄梨花说："快去洗澡！都这个时候了，我们当然不等你吃饭了。我们先吃饭。"

陈映雪说："妈，还是等一等迎春吧。"

"等什么等？她哥哥吃了饭好去做事。她那么喜欢看划船，好像看划船饱得肚子一样，等她做什么？我们先吃！"

3

俗话讲，嫁出去的女，泼出去的水。王迎春觉得自己是水，但这个水好像怎么也泼不出去。她当然同其他人一样，爱自己的亲娘。但是，亲娘总在耳朵边念：嫁人吧，嫁人吧，都二十四五的姑娘了，还不嫁人，今后只怕就嫁不出去了。你讲你烦不烦！好像没嫁出去是做了一件天大的错事，好像自己是一盆水，家里人急着泼出去。按道理，这盆水如果是好水，那自然不愁泼出去。在亲娘眼里，好像这个女儿是一盆有大问题的水，随便泼出去就是了。

但王迎春很固执，她绝对不想把自己随便地泼出去。她也着急，但她晓得着急也没用。所以，在外人看来，她亲娘比她还要着急。同她来做媒的人不多。有一回,媒人同她介绍的是一个不灵醒的男人。她晓得自己是哑子,不能嫌弃别人,但是,同一个不灵醒的男人结婚,要是今后生下来的是不灵醒的崽女,那不是害了后代吗?这样的婚,就是结了又有什么意思呢?媒人讲,本来以为蛮有希望,没想到……本来以为一碗粥,配一碗白菜差不多,没想到……话讲得难听,但王迎春不管。后来另外一个媒人又同她来做媒,媒人说,男人没问题,就是年纪大了一些。王迎春的母亲找人暗中调查,发现那个男人不但年纪大了一些,还不灵醒,就又没戏了。

王迎春怎么也想不明白,怎么别人跌倒千回万回没什么大事,自己跌一回就成了哑子。她本来是有点病,但应该不是大病,父母也就没在意。有一回,她同好多人去田里扯草,她摔了一跤,就讲不出话来了。父母还是大意,认为过不久就没事了。再说,那个时候,谁有多余的钱去看病?等到父母把她送到长沙大医院的时候,医生说,你们来迟了,没有办法了。

"嫁人"这样的话,是难听的。像"哑巴吃黄连——有苦说不出"这样的话,也是难听的。难听归难听,你还不能发气。母亲急着要你嫁人,她是为你好,你能怪她吗?作为哑子,很多时候,确实是有苦说不出。她做手势,别人还是不晓得,她就急,脸涨得通红。别人还是不晓得,别人也许永远不晓得。久而久之,她也难得在人前发恶了,因为发恶也没用。她喜欢在心里琢磨事。附近好多女的绣花,就数王迎春绣得最好。

大嫂陈映雪是发绣花布的人。淮阳抽绣厂开车把绣花布发到像陈映雪这样的人手里,然后再由她们发到一个个女人手里。女人们把布绣好了,就交到陈映雪手里,到了一定的时候,抽绣厂就开车到陈映雪这样的女人家里来把布收上去。抽绣厂给陈映雪一个高一点儿的价,陈映雪给那些女人一个低一点儿的价,她赚的就是这个差价。陈映雪有一个很好的帮手,那就是王迎春，难绣的花，王迎春都绣得出。有些女人在绣花的过程中出现了问题，就来找王迎春解决。

陈映雪跟王迎春这个小姑的感情好，不是一般的好，是蛮好。这么灵泛的一个姑娘，偏偏是哑子！谁都会同情她。她还那么勤快，做的事那么多，如果不是"男大当婚，女大当嫁"，她就是在娘家待一世，也不会讨人嫌。

4

陈映雪拿着一张纸条给王化春看，纸条上写着：我想去划船。字是用铅笔写的，一笔一画，规规矩矩。

"这是谁写的？"

"迎春。"

"她去划什么船？那些女人划船纯粹是搞着好耍，你以为她们能划出个什么名堂来？"

"你声音小一点儿不行吗？妈妈他们就在外面。"

"迎妹子想去划船，妈晓得吗？"

"妈当然晓得，只是她不讲。"

"迎妹子自己同妈讲就是，何必你来操心。"

"她就是觉得自己同妈讲不大好，所以要我们帮忙。"

"她是要你帮忙吧。"

"她是要我这个做大嫂的帮忙，你这个做哥哥的，就不想帮她这个忙？"

"划什么船？你没划过船，你不晓得划船有多累人。又累人，又没钱赚，如今谁还去划船？"

"你不去划船，你们男人不去划船，当然只由得你们。迎春想去划船，按道理讲也只由得她自己。"

"我是无所谓，她去不去都随她。"

"我举一双手赞成。你多想一想，迎春今年二十四了，还没嫁人，她为这个家做出的贡献不比我们少。她难得出去做什么事，一年到头闷在家里做事，你就不怕她心里闷出病来？"

"也是——只是，妈多半会反对。"

"我晓得妈的心思，她其实是无所谓，她之所以多半会反对，就是怕我们有看法，怕我们讲迎春去划船，会耽误家里的事。"

"迎妹子会不会去划船之后，心就变野了，人就变懒了？"

"亏你还是她哥哥，她什么时候懒过？这些天她早晨去看那些女人划船，她耽误过家里的事吗？她们如今每天只划一回，就是早晨，迎春要是也去划，根本不会耽误事。"

"那你同妈去讲就是。"

"首先你去同妈讲好些，妈肯定不会同意，然后我再去讲，多半就能成。"

王化春推门出去。他把门带拢，但留了一条缝。

陈映雪听见王化春说："妈，同你讲件事。"

"什么事？"

"是迎妹子的事。"

"有话快讲，吞吞吐吐做什么！"

"她同我讲，她想去划船。"

"她想去划船？怪不得这些天，她天天早晨去河边。看了几天，她心里发痒了。那些女人划船，是戏台下面开铺——图热闹！能划出个什么名堂来！"

这时候，陈映雪起身推门出去。她坐在家娘旁边，说："妈，迎春也把这个意思同我讲了。"

"那你是什么态度？"

"我支持。"

"你是她大嫂，你就是心里反对，也会讲支持。"

"妈，我绝对没有口是心非，我讲内心话，我支持迎春去划船。"

"其实划船耍一耍，也不是做歹事。只是——我怕她一去划船，就野了心，耽误家里的事。"

"这些天，她都去了河边，家里的事，她一点儿都没耽误。要是你同意她去划船，她也就是早晨去划一划，同样不会耽误家里的事。妈，你不会反对吧？"

"你这个做嫂子的这么讲，我这个做娘的不好反对了吧。"

很快，王迎春就从二楼下来了。

黄梨花说："你们三个人事前串通好了吧？"

陈映雪说："妈，我们敢事前串通好，算计你吗？我们从来不算计人，就是万一要算计人，也不会算计妈，也只会算计别人。"

"这倒是。迎妹子，你只怕是在二楼张大着耳朵听我们讲话吧？"

王迎春连连摇头。

陈映雪说："妈，我在这里要打几句憨讲，我们一家，和和气气，家和万事兴。你是家里掌舵的人，是总管。我们做晚辈的都还算听话，都不要你着急。一切，都是你领导有方。"

"你呀，一把嘴巴抹了蜜。"

"我哪里敢花言巧语？这一套我还没学会。我讲的都是事实。好了，妈，我同迎春去怀仁伯家。化春，你去下屋里喊干伢子回来。他同几个细伢子耍，也耍了蛮久了，该回来了。"

<h1 style="text-align:center">5</h1>

李朝霞的丈夫王向东回来了。

他平均一个星期左右回来一次。家有娇妻，不可大意。再说，他还肩负着一个伟大、神圣而艰巨的任务：生一个男孩。他们三兄弟，现有 5 个孩子，都是女孩。大哥二哥要是再生，那就要违反计划生育，他们不想违法。所以，王向东和自己的父母妻子暗中求天求地地求菩萨，他们相信心诚则灵，希望天地菩萨能送一个伢子给他们。

晚上 8 点多钟的时候，陈映雪和王迎春到了王怀仁家。她们只看到金花伯娘和李朝霞。

陈映雪说："金花伯娘，俗话讲家宽出少年，你真的是越活越后生。"

瞿金花把正看着的电视关了。她说："什么越活越后生？脸都老成了苦瓜皮。"

李朝霞用茶盘端着三碗热气腾腾的茶到她们面前，两个人起身接茶。李朝霞说："起什么身？坐着就是。"两个人还是起身恭恭敬敬地接过茶，放在椅子旁边，这才又坐下。

李朝霞说："妈，你也喝一碗吧。"

"我现在不喝，你放在茶几上吧。"

陈映雪说："朝霞，你真有本事，龙舟队硬是让你搞起来了。"

李朝霞把茶盘放在茶几上，走回来坐到椅子上，说："这是什么本事？只是来参加的人齐心。一条那么大的船，我一个人又划不动。"

"千斤只问总，没有你这个带头人，其他人哪里会想到女人也划得船？"

"如今还不晓得能够划出什么样子，草鞋没样，边打边像。"

"你们如今天天早晨练，好认真，今后肯定会划出名堂来。我这个小姑，你晓得，天天早晨到河边看你们划船。我同她来，是求你一件事。"

"求我？你莫把我吓住了！什么事，只管讲。"

"她也想来划船，就是不晓得你们还要不要人。"

"我们正要人。只是，梨花婶同不同意她来划船？"

"我妈的工作，我们做通了。"

"那还有什么讲的，我们欢迎她加入龙舟队。"

瞿金花说："迎妹子，吃得苦，做事舍得来。我是看着她长大的，她细的时候，还在河里同伢子比过看谁潜水潜得久，她还赢过呢。她来划船，肯定是一把好桨。"

王迎春被夸得脸都红了。

陈映雪说："怎么没看见怀仁伯同灵芝妹子。"

瞿金花说："灵芝妹子，到上屋里耍去了，不到十点多十一点，她哪里会回来？你怀仁伯同向东喊人去了，向东今天从淮阳回来，淮阳工地上还要劳力去做事，他一吃过夜饭就同怀仁伯出去了。他们应该快回来了吧。"

果然，不久，王怀仁和三儿子王向东从外面进来。

陈映雪和王迎春都站起来，陈映雪还喊了一声"怀仁伯"。

王怀仁说："快坐快坐，站起来做什么？你们太讲礼了，我受不住。怎么，迎妹子，你也想划船？"

王迎春一边用力地点头一边坐下。

王向东跟陈映雪和王迎春打过招呼，就洗澡去了。

王怀仁说："你们女的，可能今后划不出什么名堂来，不过，能够组成一支龙舟队，还搞起训练，准备过端阳的时候同外地男子龙舟队比赛，就蛮不容易了。"

瞿金花说："你怎么就晓得她们今后划不出名堂？"

"同男的比赛，能划出什么名堂来？"

"今后不管输赢，她们都是赢家。哪里像你，连二十几个男人都喊不拢来！"

王怀仁笑着说："我老了嘛，又没威信，如今的后生都不听我的。"

瞿金花对王迎春说："迎妹子，你们练了之后，划不划得赢男人？"

王迎春笑着点点头。

"就是啦，今后的事情，谁讲得定？要是今年端阳你们划赢了，我请你们龙舟队的人吃包子吃粽子。"

王怀仁笑着说："你这个包子同粽子，她们只怕吃不到。"

瞿金花也笑着说："不管她们吃得到吃不到，反正你吃不到。"

王怀仁说："映雪，你怎么不去划船？"

"怀仁伯，你就莫笑我了。我娘家是内山里，我是旱鸭子，怕水。要是我同朝霞迎春一样是水鸭子，我早就来划船了。"

6

每天早晨，到河边最早的都是李朝霞和袁玉。但今天不是，今天是王迎春。等李朝霞和袁玉到河边的时候，王迎春已经一个人用桨划了一阵水了。虽然好久没拿船桨，但毕竟是在水边长大、以前又是与水打过很多交道的人，王迎春划着划着，觉得桨就应该在自己手里，桨好像是她的手自然而然长出来的——手是妈妈，桨是孩子，妈妈生出了孩子，妈妈和孩子最亲。

昨夜，李朝霞把陈映雪和王迎春送出大门。在门前坪里，李朝霞说，"多余的桨都在袁玉家里，明天一早我就去拿了给你。"王迎春左手拉着李朝霞的手，右手指着上面。李朝霞说，"迎春，你是今夜就要去袁玉家里把桨拿到手吧。"王迎春不停地点头。三个女人就去了袁玉家。袁玉说："把我的桨给迎春，迎春就同张灿一组，我呢，明天划船的时候就拿着舵去。"李朝霞说："这样越发好了，划船，硬要有人掌舵，没人掌舵，只要划得快点，船还是有点打斜。"

二十三个女人都到齐了，都上了船。

李朝霞说："今天又新来了一个队员，我们欢迎。"

大家不约而同地把桨放在一边，鼓起掌来。

刘芙蓉说："招兵买马，我们的队伍越来越大，好兆头。我看到袁玉拿来了舵，看样子，她今天要掌舵。我们越来越像样了。好了，大家作好准备。"

她们的训练像平时一样认真，加了一个王迎春，这些女人更有劲头了，几个人划了一阵说自己没劲了，但坚持划，划着划着又来劲了。

王迎春同大家一起骑着单车回去的时候，太阳已经升起来了。女人们像麻雀一样叽叽喳喳，她们公认，王迎春笑得最好看。

王迎春回到家里，黄梨花说："你出了一身汗吧？"

王迎春点头。

"累不累？"

王迎春连连摇头。

"你去划船了，就要把船划好，将谈神就要像谈神。你去把桨藏到你自己房里去，不要让干伢子看到了。我怕他看到了拿了去水边耍，他有深水关。"

王迎春把桨藏好，下楼来了。黄梨花已经替她舀好了一桶热水，说："快去洗个澡。"

女儿提着热水洗澡去了。

陈映雪说："妈，最疼迎春的，还是你。"

"做了她的娘，有什么办法？要是有哪个后生来疼她就好了。"

"妈，肯定有这样的后生，莫着急，姻缘有个一定。"

7

王迎春加入龙舟队后，袁玉进行了小小的调整：她让王迎春跟张灿搭队，她自己不再划桡，而是拿一个舵，威威风风站在船尾掌舵，其余的人位置不变。

划船之后，女人照例休息，也照例在休息的时候扯谈。刘芙蓉问王迎春，你喜欢划船吗？王迎春点点头。

刘芙蓉又说："你要是好喜欢好喜欢，就不停地点头。"

王迎春真的不停地点头。

李朝霞说："迎春，够了，你莫信芙蓉的，她呀，喜欢捉弄人。"

刘芙蓉说："迎春，够了，我不是要捉弄你，实在是看到你也来划船，我心里好欢喜。"

王迎春没再点头了，但她心里也好欢喜。心里的欢喜仿佛长在她的脸上，就像花长在树上一样。这些花长在她脸上，是会结出好果子来的。

第八章

张金花上船击鼓

1

文华乡农校的教导主任田新阁遇到了一个棘手的问题。

乡文教办的领导交给他一个光荣的任务：调查农校校长与一女学生发生不正当关系的事情。他首先当然推辞了，但乡文教办的领导说："对你们学校校长，你比我们清楚得多，你去调查最合适。"他说："可是——"

领导说："没什么可是不可是的，你去就是，你去是代表我们乡文教办去的。"

话说到这个份上，他就不能再拒绝了。想一想，他觉得好笑。再想一想，他更觉得好笑。一个下属要光明正大地去调查自己的上级，他活了五十岁，这样的事情还是头一回遇到。

农校所在地，当地人叫"桑园"。十多年前，这里曾养过蚕，周围有很多桑树，这就是它得名的原因。后来，这里不养蚕了，那些桑树就被挖掉了，桑园变成了田地，有的种上了水稻，有的种上了旱土作物。这里两栋房子就空着。后来乡文教办领导说，这两栋房子空着太可惜了，不如利用它办一所学校。于是农校就办起来了。农校校长由曹天保担任，教导主任是田新阁，另外还有一男一女两位老师，大师傅一个。男老师名叫许远流，是吃国家粮的正式老师，女老师叫艾武装，是临时代课老师。农校只有一个班，三十几个学生。

吃中饭的时候，田新阁对许远流说："你今天没什么事吧？"

许远流自然知道教导处主任口中的"事"是指大事，于是就说："我没什么事。"

田新阁说："那你今天莫走，晚上跟我到一个学生家搞家访。"

许远流答应了领导。他其实是不大愿意的，二十多岁的他还没结婚，喜欢骑着单车到外面乱跑。

有一次在学校吃晚饭的时候，校长曹天保当着许远流和艾武装的面说："你们两个，一个男大当婚，一个女大当嫁，要我讲，都莫到外面乱跑，就在自己校内消化得了。"

这两个青年红着脸，不回话。

艾武装正和乡政府一个男青年恋爱，根本就没把许远流当作可能的恋爱对象。而许远流，也从来不认为艾武装是他自己应该追求的姑娘。

晚上，田新阁和许远流一人骑一辆单车，一前一后出了校门，搞家访去了。路上，田新阁问许远流晓不晓得校长和一个女学生的事。许远流说："不晓得。"田新阁说："我也不晓得，不过，听别人一讲出来，我都觉得难做人。"许远流说："要是外边人不讲，我真的一点儿都不晓得，我到现在都只是晓得一丁点儿。"

不久，他们就到了大田村张金花家。张金花的父亲叫张新民，母亲叫黄细娇。两位老师一边坐下一边和张金花的父母讲客套话。黄细娇泡来两碗茶端给老师。

两位老师比较尴尬，两位父母也尴尬，他们的眼光是躲躲闪闪的。

田新阁说："我们今天来，特意为了一件事。我这个人讲话直来直去，要是话讲得不动听，还要请家长谅解。"

张新民说："田老师，我也是直人，我最喜欢讲话不转弯抹角的人。有什么话，你就直讲。"

"我听有人讲，你们今日带了自己的女儿到淮阳人民医院去了。不晓得是真是假。"

"是真的。不过，是我带了她去的，她娘老子没去。"

"你好像是带了她去打胎。"

"是的。"

"谁也不想出这样的事，出了这样的事，我们老师的心情同你们做父母的心情是一样的。我们今天来，一是确定是不是有这么一回事。二是想同你们做父母的一起，好好同张金花讲一讲。怎么没看见她？"

"她在内房里。"

张新民起身到了内房的门口，大声说："老师来了，你快出来！自己做了丑事，害了我们这些人着急！"

黄细姣说："你就少讲两句吧。你以为她心里好过？"

田新阁说："我们进去。"

许远流跟在田新阁屁股后面进去了。

张金花本来是坐在书桌前的，现在她站了起来，喊了"田老师"和"许老师"之后，站在那里，低着头，不知所措。她的面色是苍白的。

两位老师站在她面前。田新阁说："你今日是不是跟着你爸爸去了淮阳人民医院？"

她点点头。

"是不是去打胎？"

她点点头。

站在一旁的许远流觉得，田主任的话是不是讲得太直了一点儿，毕竟她是一个十四五岁的学生。

事情已经清楚了。两位老师从内房里出来。

田新阁说："今天我们暂时少陪，可能过几天我们还会来。"

张金花的父母留他们还坐一会。他们晓得这只是一个礼节，便走出客房，走出大厅，走到门前坪里，骑上单车，走了。

2

几天之后，田新阁又喊许远流去张金花家家访。许远流说自己有事，不能去。田新阁只好一个人骑单车去了。他交给张金花的父亲张新民五十块钱，说是学校给他女儿的一点儿营养费。

张金花的父母都是老实巴交的农民，本来就觉得自己女儿做下了见不得人的事，只想着息事宁人，哪里会想到把事情闹大，从而赚一笔钱呢？就算没人出钱补偿他们的女儿，他们也不会怎么样的。他们收下了50块钱，认为这是一个老师半个月的工资，人不能贪心，没再去追究这件事——他们也从来没想过要去追究这件事。他们只是觉得，女儿做下这等事，实在让他们在地方上抬不起头。

张金花觉得自己不但抬不起头，还没有面皮出门。从淮阳人民医院做手术回来之后，整整半个月，她没有出过家里的大门。她大部分时间待在自己的睡房里。她曾经幻想过她和曹天保的爱情，就是在他们的事情败露之后，她仍然满怀幻想：只要曹天保跟他老婆离婚，她一定和曹天保结婚；现在自己年纪小，但她可以写字条，或者在菩萨面前发誓，此生只嫁曹天保。但曹天保想都没想，就像缩头乌龟一样缩回到以前的小家庭这个硬壳中去了。她晓得这对自己的伤害很深，但到底有多深，她不晓得。她只觉得耻辱，她恨不得自己从这个世界上消失。但她还不想死。她不晓得今后的日子怎么过。

曹天保继续当他的农校校长，所以张金花不可能再回到农校读书。即使农校换其他校长，曹天保换到别的学校去，张金花也不会回去读书了。读书的生活彻底结束了。

3

袁玉家里，几个女人商量事情。

陈青兰说："昨天我在路上碰到张金花。"

刘芙蓉的嘴巴马上插了过来："就是那个没有再去农校读书的张金花吧？"

陈青兰说："我们东冲有几个张金花？不是她是谁？她问我龙舟队还要不要人。"

刘芙蓉说："我们就是要人，也不能要她。"

袁玉说："你是怕她名声不好？"

"不是。我自己也晓得，我的名声就不是蛮好，她想到龙舟队来，我不是嫌她名声不好。她一个十四五岁的妹子，没得力气，划不动船。我们要了她有什么用？"

李朝霞说："要是讲到划桨，她确实不行。我们训练划船，一直以来都没得一个鼓手。"

袁玉说："我也是这个意思。"

刘芙蓉说："你们的意思是要她来做鼓手？她怕也只做得这个事。"

袁玉说："每个人有每个人的用。一条船，鼓手其实也蛮重要，少不得。真正比赛的时候，鼓手的作用同我这个舵手差不多。"

刘芙蓉说："她架子鼓是打得，那回我看见她打过，样子十足。只是这个划船的鼓，同西乐队的架子鼓不同吧。"

李朝霞说："我不担心这个，西乐队的架子鼓也好，我们划船用的鼓也好，它们是有点不同，响声也有点不同，不过，都是鼓，最重要的是打好节奏。张金花是灵泛妹子，也有悟性，也有胆子，她来我们龙舟队做鼓手，我认为要得。我只是担心她娘爷要不要她来。"

陈青兰说："我也有这个担心。她同我讲了之后，我就想到了她娘爷。她面前出了那么大的事，身体还没完全恢复。我看她的时候，面色还是有点白，不是那种正常的白。我问她，你要来划船，同你娘爷讲没讲。她讲，还没讲，只要你们同意，我就回去同娘爷讲。我就告诉她，你先回去同你娘爷讲，你娘爷同意了，你要他们带着你到我屋里来，我们再来商量。"

刘芙蓉说："她娘爷同意了？"

"是她娘老子带了她到我屋里来的。她娘老子讲，我们金妹子，吵着要来划船，她爷老子开始不同意，经不住她吵，后来同意了。我这个做娘老子的，只要她爷老子同意，我就不反对，我要她自己同你来讲，她讲她一个人来，你不会相信，所以我就同她一路来了。我对她讲，你们家金妹子要来划船，合适她的事恐怕就是敲鼓。她娘子讲，金妹子就是这么讲的，她讲我可以去她们龙舟队里做鼓手。我讲，到底能不能进龙舟队，我还要同其他几个人商量，我明天就去同她们商量，一有了结果，我就来告诉你们。金妹子看到事情可能搞得成，欢欢喜喜同她娘老子走了。"

袁玉说："金花要来，我没意见。"

刘芙蓉说："袁玉，你莫金花金花的，朝霞的家娘名字也是金花。我看，我们喊张金花，就喊金妹子，她反正年纪也比我们小一截。"

李朝霞说："那就这样定了。"

陈青兰说："昨天，那两娘女回家之后，那个娘老子一个人打转，又到我屋里来同我讲了事。"

刘芙蓉说："讲了什么事？"

"她娘老子讲，金妹子这段时间好伤心，经常流眼泪。她这个做娘老子的，真的怕女儿想不通，做出蠢事来。她就时时看着金妹子，生怕出事。最近几天才好点，金妹子也不哭了，也想到外面走一走。以前，她是走都不到外面走。她讲想来划船，做娘老子的内心不反对。她爷老子不同意。"

袁玉说："我要是她爷老子，也不得同意。你刚出了那样的事，如今又去划船，也是抛头露面的事。"

"金妹子就哭，她娘老子就从侧面同她爷老子讲，她爷老子没办法，就答应了。她娘老子讲，金妹子来划船，可以分一下心，从那件事中走出来，也是好事。要是金妹子参加了龙舟队，要我们多照顾她。"

刘芙蓉说："我们要金妹子来划船，还做了一件好事，积了阴德。"

李朝霞说："那你回去就告诉金妹子，我们同意了。她明天早晨跟着你们同到河边来就要得。鼓，就在袁玉屋里，袁玉和我会搞去。"

刘芙蓉说："你们发现没有，你们西山的王勇武好像与以前不同了。"

袁玉说："也应该变好点。他娘老子一到长沙医院检查，就是癌症晚期。回来几天就死了。他娘老子死之前，把他喊到床面前，要他下跪，要他今后好好做人。他还不好好做人，他娘老子睡在山里也不安心。"

"再不改，只怕要遭雷打，只怕婆娘都讨不到。"李朝霞说。

4

现在，大田村半边天龙舟队有了二十四个人，齐齐整整。

鼓敲起来了！大田村好像变得不一样了。船划起来了，你得到河边去才看得到。鼓敲起来了，很多人在家里，在床上就听得到。

有人讲，这个鼓声，吵死人，还让不让人睡！有人讲，这个鼓声，就是好，催着你早点起床，省得你偷懒。有人到河边看了，说，莫看她们清一色是女人，船划得还是有个样子了，鼓呢，一个十四五岁的细妹子敲鼓，当然没有以前大男人敲得那么有力，但节奏一丝不乱，也有个样子。

咚，咚咚！咚，咚咚！咚，咚咚！……

船划起来了，鼓敲起来了。大田村醒了，太阳也醒了。太阳醒了就在那边爬山，它的脚好有力，很快就爬到了山顶，它长出了翅膀，从山顶飞到天空。

一，二！咚，咚咚！一，二！咚，咚咚！

在女人的喊叫和鼓声中，船破浪前行。

5

划船之后，女人们扯谈。扯谈之后，她们回家。

张金花故意走在后面，她晓得每回都是李朝霞和袁玉走最后。

等河边只剩她们三个人了，她说："霞婶，玉婶，你们看我的鼓打得怎么样？"

袁玉说："蛮好。"

"我总觉得不大好。"

李朝霞说："是你对自己要求高。"

"我也讲不出是什么原因，反正我觉得我的鼓打得不是蛮好。我好像还应该打得更好。"

李朝霞说："刚才我们划船，有些人来看。几个上了年纪的人讲，我们船是划得好，不过还有哪里哪里不大好；你鼓是打得好，不过没有劲。人一多，肯定有人称里手，指手画脚。别人讲得对，我们改。别人只是过嘴巴瘾，我们就左耳朵进，右耳朵出，不要朝心里去。"

袁玉也说："你一个十四五岁的妹子，能够把鼓打得这个样子，真的是蛮不错了。我掌舵还可以，要我打鼓，我不一定打得你这么好。你的鼓声同我们划船的节拍合得，这是最关键的。有了这个，有力当然更好，没有那么大的力也没事。你一个十四五岁的妹子，怎么会有大男人的力气？只是我也觉得，你确实还可以放得更开些。打鼓其实蛮重要，要合得节拍，还要有劲，这个劲，其实不只是力气。有些人，他有死力气，但他打起鼓来没劲。"

李朝霞说："就是既要同我们划船的节拍合得，你又要——又要——忘乎所以。"

"金妹子，我讲句话，要是讲得不大好听，你莫见怪。"

"玉婶，你讲，我见什么怪？"

"那件事，你还没把它从你心里赶走。它还在你心里，就同一块石头一样，压着你的心，所以你放不开。不晓得我讲的对不对。"

张金花不说话了。

李朝霞说："金妹子，那件事过去那么久了，你要把它扔掉，扔得越远越好。再讲，你又没错，你还是个妹子，你有什么错？错的是别人，是大人。今后，不管别人当着你的面，或者是背后讲那件事，你都不要同他们计较。我告诉你，其实，人活几十年，没有谁什么事都不做错。每个人都有自己的难事丑事，只是有些人的难事丑事别人晓得，有些人的难事丑事别人不晓得。"

张金花点了点头，骑上单车走了。

李朝霞拿着桨和舵，袁玉拿着鼓，也走了。

一，二！咚，咚咚！一，二！咚，咚咚！

船划起来了，鼓敲起来了。在大田村很多人看来听来，那船是越划越起劲了，那鼓是越打越起劲了。他们看了听了，也好像有了要去划船的兴头。

于是，那些起得早的人，不少有事没事就跑到河边去，看女人划船，听女人打鼓。于是，那些曾经说鼓声吵得他们睡不好觉的人，也没有怨言了。

船在河里划，就是有人力争上游。安静的乡村，就是需要有人来把它喊醒。

陈青兰的小船暗地里拐了个弯

1

罗明理要去找青胖子的麻烦。

罗明理向人打听青胖子住在哪里，那人说，看见没有，就在那边半山腰，那里只有一栋屋。他气鼓鼓地前去拜访青胖子。

山是一座小山，山脚下正在打米。罗明理开始还以为他要找的青胖子是一个男子，没想到是一个女胖子。她还没吃夜饭。米很快打完了，打米师傅开着拖拉机走了。从山脚下到半山腰是一条小路，虽然不长，但比较陡。

"你们搞什么不把这条路修宽一些，让拖拉机可以开上去？"罗明理挑着米，一边走一边说。

"当时只图省事，没想到会这样不方便。"

罗明理是一个不惜力气的人，看到那么多的米，一个女人挑着上岭，一定不容易，所以就主动出力。当然他还有自己的"肚官司"，自己的单车被扎烂了，根据情形判断，多半是青胖子的崽做的好事，但没人当场捉住，她的崽一定不会认账，他觉得自己兴师问罪，还是要先礼后兵。

罗明理在屋里坐下来，青胖子泡了碗茶给他。当她听到是自己的崽把他的单车胎扎烂了的时候，说："这个家伙，又在外面搞歹事！我讲了他千回万回了，他就是不听！"

他说："单车烂了，我就回不去了，我的家隔这里有十多里路。"

她说："你就是在下面张富强家起屋的师傅吧？"

"嗯。其他几个人都回去了，他们都是两个人一辆单车。我最远，本来是我一个人骑辆单车。现在好了，你的崽做了好事，害得我家也回不去了。"

"那就真的对不住。"

"今天的麻烦就算了，我是怕今后还有这样的麻烦。今夜我就打打麻将，然后随便找个铺睡一觉。"

这时候，青胖子的崽回来了。

"你这个畜生，你也晓得回来！"她骂着，看到他一个空身子进屋，她大声问，"你的书包呢？"

"我没背书包回来，今天没作业。"

"没作业你也要背书包回来，不做作业你书也要看一下。"

他看到家里有一个陌生男人，就不打算进这边来，而是转身朝厅屋的西边房里走去。

"你进来！"她大声喊。

"什么事？"

"你先莫管什么事！先进来了再讲！"

"进来就进来！"

他不情愿地走了进来，站在门口，离两个大人都比较远。

"你眼睛看着门外边做什么？你看着我！你又做歹事了！"

"我没做歹事！"

"你把这个叔叔的单车胎扎烂了，是不是？"

"我没。"

罗明理看到青胖子走向了孩子并揪住了他的耳朵，他就起身去把她拉开，说："小孩子，不懂事，好好讲。"

"你不晓得，这个畜生，尽害了我着急！他要是两天不害我着急，他就手脚发痒！"

罗明理看到，青胖子因为气愤，脸都通红了。

"你讲，你没事为什么跑到那里去？"

"我是跑到那里去了，不过我没做歹事。"

"还要争！死麻瘟还要争出血来！"

她又要上去打他。罗明理把他们隔开了。

"小孩子不懂事，今后莫再这样了就要得。"

孩子说："还有事吗？没事我就去那边了。"

没等母亲说话，他就朝那边走去了。

"这个畜生，都是以前他爷老子把他看得太重了。他姐姐比他好多了，好听话，只有这个畜生，不把我气死他不放手！"

"我还要在你们这里做比较久的事，今天的事就算了，小孩子不懂事，只是今后莫再搞了这样的事。"

"那不行，你的单车我明天推着去下面同你修好，钱也由我出。害了你不方便，真是对人不住。"

罗明理了解到青胖子的丈夫在淮阳基建工地上打工，他们有两个孩子，大的是女儿，在初中读寄宿，小的还在读小学，这个伢子是附近最调皮的，什么歹事做尽。青胖子管得严，但毕竟是做娘老子的，没有杀气，管不住他。

2

第二天，陈青兰照常先去划船，然后回来吃早饭。平常，早饭后她就要去割草或者做其他事。今天，她要推着罗明理的烂单车去修。

到修理铺修单车，一来一回她走了七八里路。她把修好的单车送到在张富强家起新屋的罗理明手里。

"修单车几块钱？"罗明理接过自己的单车，问。

"是我那个畜生搞烂的，该我们修好。我同那个畜生讲好了，今后他要是还做这样的事，我就打断他的手。"

罗明理晓得，这个做娘老子的，话讲得雷声一样大，结果只是落一点小雨，甚至不落雨——崽要是真调皮，娘老子是怎么也管不住的。他拿五块钱给她（昨夜他手气好，在麻将桌上赚了几十块钱）。她坚决不要，说："修单车总共都只用了两块钱。"

"就是啦，两块钱修单车，三块钱算你的脚力钱，推单车走这么远，谁想？"

"自己的崽做了歹事，大人不来弥补，那不是连带说明大人无知无识吗？"

听到青胖子这样说，罗明理把五块钱放回自己的衣袋。

青胖子回到家里，一个人坐着的时候，有些伤心。

她今天推着单车去修的时候，路上有几个伢子好远就喊"南瓜南瓜"。她晓得他们是在喊她，他们是说她像南瓜一样胖。她想，我再胖，也没胖到南瓜这个地步。她没理他们，推着单车走自己的路。但他们好像越来越有兴头。于是她把单车停在路边，向他们走去。

"你们喊谁南瓜？"她向他们大声说。

"喊谁？喊你！"那几个伢子仍然是嬉皮笑脸的样子。

她跑向他们。

那几个伢子赶快跑了。她追不上他们。

她在他们后面大声说："娘吃溮，爷吃溮，你们这些猪崽狗崽没教养！"

他们一边跑一边还在大声喊着"南瓜南瓜"。

她本来不想和这些伢子斗嘴，但实在是忍不下这口气。我长得胖，关你们什么事！要你们来说三道四！

她也晓得，就是大人，也有人暗地里讲她长得太胖。丈夫在外面做事，不大愿意回来，也或多或少与她长得太胖有关。他也像其他人一样，不喜欢长得太胖的女人。虽然他嘴巴上没这样讲过，但她晓得。他的心思，她是猜得到的。想一想也难怪，就是自己，也不喜欢自己长得这么胖。

其实自己比别人没多吃什么，但不晓得什么鬼，肥肉就在自己身上长，不停地长。自己也没偷懒，比别的女人还勤快一些。里里外外，什么事都做，有些在别人看来只有男人才做的事，她也做。自己做个不停，但身上的肉一点儿也不减，还在加！真是不晓是什么鬼！现在还好一点儿，划船之后，她轻了几斤。以前，她还要胖些。

这么想着，她就去摸一摸自己的眼睛，好像流下了一点儿眼泪。唉，哭什么呢？人要胖，她有什么办法呢？

3

两天后的下午。落雨。

雨小了一些，正在房里绣花的陈青兰听见跑步的声音正朝上面而来。

有人跑进厅屋了，还大声喊着"拜访"。

她回了一句："拜访不当，请进来坐。"

罗明理进来了。

他接过她端来的热茶。

"咦，他们不是讲你们这里开了一个麻将摊子，三缺一吗？"

她说："你上了他们的当。我们这里从来没开过麻将摊子。我很少打麻将。"

"莫骗我，如今这个社会，有几个人不打麻将。"

"我丈夫到外面打工去了，田里、土里、菜园里、家里，都成了我一个人的事，今年，我们又承包了组上一口塘，塘虽然不大，不过也天天要割草，你讲我哪里还有蛮多时间打麻将。"

"那也是。如今像你这样勤快的女子，难寻。"

"你刚把油抹在自己的嘴巴上吧。"

"不是我要奉承你，确实是这样。人不要别人奉承，不过做了事，有功劳有苦劳，也不能埋没。"

"就因为你讲了我一句好话，我请你吃夜饭。"

"真的？"

"不是蒸的，难道还是煮的？"

"我就晓得你们女人喜欢骗人。"

"你莫拿着竹篙满塘扑，你在别的女人那里上了当，莫把气撒到不相关的人身上来。我同你不熟，我骗你有什么味？"

"嘿，问你一件事。昨天下午在路上打架的一男一女都是谁？"

"女的是焦丽娟，男的就是她丈夫。"

"当着那么多人的面打架，不像话。"

"怪不得那个做丈夫的。"

"焦丽娟是不是那个号称你们这里第一美女的？"

"就是她！什么第一美女第二美女，那是她自己喊出来的，你们男人跟着起哄，就这么叫出来了。"

"我远远地看过她两眼，她只是长得不差，要讲第一美女，算不上。"

"就是啦。你不晓得我们这里的人怎么讲她的吧。"

"我来你们这里做事不久，我不晓得。"

"我们这里的人都讲，这个焦丽娟除了吃饭就是打牌，除了打牌就是偷人。"

"她丈夫不在家里？"

"在长沙打工。"

"那就怪不得。"

"怎么怪不得，她丈夫隔一段时间就回来。"

"总不能她想要的时候她丈夫就回来吧。"

"那也不能丈夫不在家里就乱来。"

"那也是。只是像你这样的人，打着灯笼火把都难寻。"

"那个憨子婆，还喜欢嚼舌子，她讲我们这里，她是第一美女，我是第一胖女。我是胖，不过你也不要这样讲我。"

"有时候，瘦是绣花枕头，好看不好用。胖也有胖的好处。"

"我是太胖了一些，快一百五十斤。"

"你是快一百五十斤，我是一百五十多斤。"

"你是男的，你这么高，一百五十多斤一点儿都不显得胖。"

"你人高，胖一些也不要紧。"

"要是人再不高，又矮又胖，那就丑死了。"

"别人胖了丑，你胖得好，胖得匀称。再讲你皮肤又白，走出去不识破人。我听人讲，你们这里搞了一个女子龙舟队，真的假的？"

"当然是真的。"

"听人讲，你们还要同别处的男子龙舟队比赛。真的假的？"

"当然是真的。"

"你们比得赢？"

"我们不管输赢。反正我们觉得划船蛮有味，输赢先放在一边不管。"

她起身到厨房拿来一只木桶。

"你拿只木桶做什么？"

"那边房里漏雨。你听这响声，我估计楼上接漏的那个桶子有了上半桶水了，要去换桶子了。"

"雨一时半时不会停，我同你去看一看，可能我可以把漏雨的地方搞好。"

他们到了里面的房里。这是睡房，要是雨漏到床上就真的不好。

她提着木桶上楼梯了。

看到她到了楼上，他才上楼梯——他们两个人同时踩在楼梯上，他怕它会断。

刚到楼上，他的眼睛一下子还不适应。他首先看到的是屋上的两口明瓦，和明瓦上的水流。雨声比刚才在下面听起来要大些，不晓得是上楼来的原因还是雨下得大了。一会儿之后，他才看清楼板上的东西，比如那只盛漏的木桶，里面真的有上半桶水了，比如那边，胡乱放着几只麻布袋，就在麻布袋旁边，放着几根竹竿。

漏雨的地方隔明瓦不远。她换了一只木桶，把有水的木桶提到楼门口。

他拿来一只竹竿，小心翼翼地去戳动漏雨处的瓦。

她站在一边看。

但是，他并没有成功，漏雨的地方不但没有搞好，反而漏得更厉害了。

她说："算了，还是等天晴了再请师傅来捡屋。"

"不要紧。"

他换了一个地方。

"其实，上个月我刚请师傅把屋捡了，没想到还是漏。"

他没答话，小心地戳动瓦块。漏小一些了，再小一些了，看不到水从上面滴下来了。

他把竹竿放回去，把盛在漏处的木桶提开，自己站在那下面。

"不漏了。"他说。

"真的不漏了。今夜我可以睡个落心觉。"

"雨越落越大了。"

"不漏了，随天老爷落好大的雨。"

4

陈青兰好不容易才把崽哄上了床。

要这个宝贝崽上床睡觉真不是件容易的事，他要看电视，一看电视就上瘾，家庭作业也不做，做母亲的再怎么催也是空的。这都是以前他爸爸把他看得太重的原因，她一个女人，真的没什么杀气，镇不住这个调皮鬼。

"你看几点了？"陈青兰指着电视的右上角说。

"几点了？你自己不会看吗？十点半！"儿子的回答很不耐烦。

"十点半了你还不睡觉，看你明天什么时候起床！"

"你少讲几句好不好？搞得我听不清电视里的人讲话！"

"你要搞清楚，是你没道理，还是我没道理！还讲我吵了你！"她也来火了。

"晓得了晓得了，明天我早点起来就是。"

照这样看来，不来点硬的是不行的。陈青兰走到电视机前面，把电视机关了。

"你！"儿子看着她，样子有些凶。

"你样子越恶，就越没得电视看！"她命令自己硬起心肠来。

儿子看到母亲真的发气了，讲话的口气也就软了下来，说："妈，今天这一集蛮关键，你就让我看完这一集吧。"

"不行！"

"妈，算我求你了。"

"不行！"

"妈，我求求你了。妈，你是世界上最好的妈。"

母亲刚刚硬起来的心肠又软了下来，但她还是说："这一集才刚刚开始，你要看完，不晓得要看到什么时候。"

"妈，不久，不要蛮久，也就二三十分钟。我保证明天早点起床，我保证这集电视一完我就去睡觉。"

还没等母亲同意，儿子就跑到电视机前，又开了电视。

没办法，拿这个家伙真的没办法。

现在，这个家伙总算上床睡觉了。他一定是累了，耍累了，看电视看累了，上床不久就睡着了。

母亲也去睡觉了。儿子的睡房在西边，母亲的睡房在东边。

陈青兰今天够累的，割了鱼草，还把两三亩田的农药打了——这个事情，一般是由男人做的，她没办法，男人不在家，只能自己下田。喷雾器背在肩膀上，几十斤重，那么长时间地背着，现在肩膀还有点痛。累了，应该一到床上就能睡着。但是，她翻来覆去地睡不着。

前天，他到黄家升家里去看了看。罗明理他们就是在给他家起新房子。她看见了黄家升的婆娘，就笑着说："你们真是大财主，起洋房子喊起就起。"

"什么喊起就起，也是没得办法，原来的老房子到处漏，风吹雨打，我都怕它倒了打着人。"

"起新房子蛮快，才几天就要搁第一层水泥板了。"

"外人看起来蛮快，我们自己认为蛮慢。"

"那是当然，谁都想早点住进新房子。"

"砖匠师傅没来，他们讲要歇几天手，等墙沉一沉才能搁板。"

陈青兰心里想，怪不得没看到罗明理。

昨天，她又从那起新房子的地方经过，也没看到罗明理。她晓得在那里看不到他，但她还是忍不住要去那里看看。今天，她又去了那里，还是没看到他。他们要歇几天呢？明天他大概会来吧。

她起来去了一墙之隔的客房，电视机就放在这房里。她打开了电视，把声音调得好细。都十一点多了，节目不好看，又把电视关了。走到窗户前，她看到外面地坪里有月光。

她开了侧门，出去到了地坪里。月光蛮好，把好多东西都照亮了。她看到自己的影子一动不动地拖着自己的双脚。她像故意要同自己的影子作对似的，就在地坪里走了起来。那影子也走了起来，天上的月亮也走了起来。

她想到自己一天到夜要死要活地做事，很少打牌，过的是什么日子呀！有些女人，整天整天不要做事，只要坐在麻将桌边，好多时候饭都不要做，只要到打麻将的地方吃。她停了下来。但刚停下来她又想走动，她特别想到下面去走走，或者，去打打麻将也好。睡不着，反正是睡不着。崽睡了，自己只要把门关了把门锁了，崽一个人睡在里面也应该不要紧。

她把侧门锁了，真的就朝下面走去，还没走到下面的横路上，就看见不远处有一个高大的人影。她站住了，那个人影越来越近，像鬼一样悄无声息地飘过来。会不会是他？

"谁？"她低声问。

"我。"

那个人已经飘到她面前来了。

"哦，是你呀。你来做什么？"

"拜访你。"

"拜访不当。你是走路来的？"

"骑单车来的，我把单车放在上面。"

她转身上岭，朝自己家里走去。

罗明理跟在她后面。

到了地坪里，她站住了。她看到了月光下自己的影子，影子不会脸红，她会。他一把抱住她。

她轻声说："到屋里去。"

5

罗明理再也没来找过陈青兰。

她有时想，男人就是这样没良心。有时又想，他不来找自己了也好。常在河边走，哪能不湿鞋？现在彼此不来往了，他们的事情就没人晓得，她也就不会身败名裂。

陈青兰的小船暗地里拐了个弯，但不久，它又直了，又沿着生活这条河慢慢朝下飘荡。

第十章

徐荷花的小船
行到江心自然直

1

划船的女人，都非等闲之辈。

西山王家的徐荷花，她的婚姻，从一开始就是一个传奇。

在没结婚之前，徐荷花是本乡徐沅村人。

她婚姻的传奇源自她传奇的父母。

她的父亲徐国忠是徐沅大队（后改名为村）的干部，她母亲柳赛花是个不同寻常的农村妇女。这对夫妇育有三女一男，前面三个是女，最后一个是崽。

徐国忠因为是大队干部，抛头露面的机会多，同人打交道的机会也多。这个人包括男人，也包括女人。就同其他男人一样，徐国忠也是喜欢偷野老婆的。他是大队干部，做这样的事有着得天独厚的条件。

这个，人们完全可以理解，毕竟，就是他想老实做人，他的生理器官也不肯安分守己。但是徐国忠有一个做法让所有的人都觉得不可思议，这做法绝对是前无古人，也很可能后无来者。除他之外，其他男人在外面寻了花问了柳，回家之后都要瞒着婆娘，恨不能做到守口如瓶，瞒天过海。他在外面风流快活之后回到家里，总是起坐不安。他婆娘晓得他心里有事，就盯着他看。她越看，他心里越是不安。到最后，他就像烂醉如泥的人，把没什么事情都呕吐出来。野老婆是什么地方人，什么名字，是谁的婆娘，高矮胖瘦，她同他都讲了什么话，他们是在什么时候什么地方做的好事，有的好事是在床上做的，有的好事不是在床上做的……一切的一切，他都不打自招。

柳赛花听完之后，不哭，只是要他跪放在床面前的踏板上，有时候变一下花样，要他跪竹枝扫把——当然是跪在扫把握手的一头，这一头，才能让膝盖更痛，才能让人更记事。她还让他赌咒，说今后再也不到外面乱搞了。他也真的就赌咒，反正嘛，赌咒不就是开口说话嘛！

正因为他有这样不好的习惯，近处的女人都怕和他来往。谁愿意野老公的婆娘找上门来问罪呢？这样一闹，野老婆的丑就失得大了，而且，还要挨丈夫的打，太划不来了。被婆娘狠狠地惩罚之后，徐国忠并没有收心，他还是到外面偷野老婆。近处的婆娘偷不到了，他就偷远处的，反正这世界女人多得是，远处的女人也不比近处的女人差。这就应了当地流传很广的一句话：赌咒赌得灵，牢房里没罪人。他是一个好了伤疤忘了痛的人，回到家里，又把自己在外面的风流韵事讲出来。于是，事情就戏剧般地循环。

柳赛花忌惮野老婆隔得远，她就没有找去。你突然去，野老婆肯定是死不认账。她当然可以扯着他的耳朵去当面同野老婆对质，但野老婆就是不承认，你能怎么办？有些男人脾气急躁，看到有人上门，就容易相信自己的婆娘给他戴了绿帽子，于是，他就会打自己的婆娘。也有些男人，不大像男人，他们就是内心相信自己的婆娘同别人做了好事，但表面上，他们不相信自己的婆娘会做出下流无耻的事来，他们要保全自己的面子，于是，他们就可能说柳赛花是无理取闹，疑神疑鬼。如果柳赛花再要闹，他们就可能对她不客气。

后来，徐国忠不做大队干部了，他一下子就偷不到野老婆了。有一次，几个男人扯谈，徐国忠说："我们都认为有钱卵都接得长，一个人有了钱，当然可以接长自己的卵，不过呀，要把卵接得最长，还是当干部。"

日子飞快地过去，女大十八变，他们的大女儿徐荷花长成了一个周周正正的红花女。

2

王安国是个师范生，有正式工作，吃国家粮。像他这样的人，不要说是在大田村，就是在整个农村，也是凤毛麟角。他一开始也想带一个吃国家粮有正式工作的女子做婆娘。因为按照国家的政策，后代是跟母亲的，如果母亲是吃国家粮的，那么崽女一生下来也跟着吃国家粮。农村里也有吃国家粮的女子，但实在是太少了，打着灯笼火把也难得寻出几个来。那极其少数的几个吃国家粮的女子，多半不想找农村人，你就是吃国家粮，但你在农村工作，也不行，她们的眼光是向上的，她们想找的是城市男人，万一不行，她们也宁愿找部队的军官，哪怕结婚之后守活寡她们也愿意。

男大当婚，总不结婚不是好事情，于是王安国就只得找个没有正式工作不吃国家粮的姑娘结婚。婚姻自由写进婚姻法好多年了，在农村，父母之命也慢慢失去绝对权威的地位，但是自由恋爱还是不多见，媒妁之言仍然非常重要。

有个媒人来同王安国提亲，女方就是徐荷花。媒人说："你还是她妹妹的班主任老师呢。"这个时候，王安国已经从大田完小调到了文华中学。他问媒人："你有没有同徐荷花和她父母讲这件事？"媒人说："还没有。"王安国说："那就好。"

一天，吃过晚饭后，他就骑着单车去徐国忠家搞家访，顺带看了徐荷花。样子嘛，是可以，听她讲话，也不错。媒人听到他这样的话，喜上眉梢地说："我这就同你正式去提亲。"

徐国忠和柳赛英夫妇都说自己女儿没有读多少书，又没有工作，高攀不起。媒人说："你们多虑也多心了，我问过王国忠，他对你们家的徐荷花，可是一百个满意。"媒人一把嘴，把死人也哄得起。这两夫妇就说："要是王安国真的有心，我们也不反对，主要看徐荷花本人的态度。"徐荷花听媒人说了，也不反对。

媒人就把这根红线牵起来了。

男大当婚女大当嫁，王安国和徐荷花一来二去，有了感情。每回徐荷花同王安国出去，柳赛英都要偷偷地对她说："记住，你可不能做出不好的事情来。"女儿点头，她晓得不好的事情是指什么，不好的事情，自然做不得。但年轻男女在一起，又没有其他人在场，难免激情如火，烧得他们不得安生。起初，徐荷花还不同意做不好的事情，后来是犹抱琵琶半遮面，再后来是半推半就，最后当然就是做下了不好的事情。把不好的事情做完之后，徐荷花实在不晓得这个事情不好在哪里。

结婚，还是按照风俗来。第一步是看房子，他们走过了这一步。第二步订婚，他们也走过了这一步。第三步就是收亲，他们还没走到这一步。

不久，徐荷花就发现那件事情不好在哪里了。她吃饭也吃得少了，还想呕吐，肚子也慢慢大了。这实在让人想不通，他没往里面放蛮多东西，怎么这个肚子就像气球一样，吹着吹着就大了呢？这有些吓人。母亲看在眼里，她只轻轻责怪了女儿几句，就没有再多说什么。生米都煮成了熟饭，再说，女儿嫁给王安国，也没吃亏。

徐荷花催着王安国收亲，她的肚子越来越大。到时候收亲，当着那么多人的面，她膘着一个大肚子，讲起来实在不好听。王安国也同意，但双方的父母都认为要选一个良辰吉日。选好日子先要看历书，选出几个好日子，然后再从中定出一个最中意的。这就像差额选举，而不是等额选举。最后定夺的时候，还得问菩萨，那个卦要打得顺。这样一搞下来，良辰吉日是择定了，但比较远。徐荷花对母亲说："能不能把日子提前？"母亲说："这怎么行？日子是菩萨定下来的，我们人怎么能改？我算了，你到那时候还不会生孩子，讲句不好听的，就是早产，也不会在那一天或者那一天之前生。"

徐荷花最怕的是把孩子生在娘家，这在当地人看来，既不吉利，也有违风俗。她的父母虽然也担心这一点，但做母亲的非常自信，她认为女儿不会出问题，万无一失，不要着急。徐荷花却担心自己一个红花女，还没收亲之前就被人把肚子搞得这么大，实在是不好见人。不管父母怎么宽她的心，她的心还是悬在半空。

收亲那天终于来了。新郎请人把新娘子从徐沅村抬到大田村。两个抬轿子的人说，这回，他们要的红包，比其他人收亲时要厚些，因为其他人收亲时，抬的只是一个人，而这一回，他们抬的是两个人。新郎笑着应和："要得。"

按照风俗，新娘的母亲是不来的，同来的是新娘的父亲、叔父、妹妹、弟弟等人。当媒人领着新郎新娘要从王安国家大门口进去的时候，新娘瞧见大厅内座无虚席，还有多人站着，人挤人，围得厅内水泄不通。那么多人，那么多双眼睛，而她自己有一个这么大的肚子——地方上的人大概还从来没在收亲的时候，看到过这么大的肚子。徐荷花害怕了，低着头，怎么也不肯进去。媒人提醒她，必须进去。可新娘就像一头固执的牛，你怎么催她，怎么拉她，她也不肯进去。媒人有些着急了："这么多人，又快开饭了，要进去了。"新娘小声同媒婆讲："进去是肯定要进去的，只是坚决不从大门进。""不从大门进，你从哪里进？"媒人问。"从侧门进。"媒人不同意："今天必须从大门进。"新娘还是说什么也不从大门进。媒人看了看新郎。新郎也非常着急，他对风俗不是特别看重，看到新娘腆着一个大肚子，蛮不容易，就说："从侧门进就从侧门进吧。"见新郎都这么说，媒人也就不再坚持。于是他们三人便从侧门进去了。从侧门走进去，看他们的人果然就少好多。新娘天真地觉得，看的人少些，她出的丑也少些。

但这一来，就让那些等在大厅想看新娘的人小小地失望了一回，他们也就有话可说了。

下午，这地方就流行起了下面四句话：

> 新娘来自徐沅村，名堂硬是大不同。
>
> 别个新娘大门进，这个新娘钻侧门。

3

回到家里，徐国忠就被婆娘骂了一餐："你就好，竟然让女儿出了这么一个天大的丑，走侧门进去！好像她做了见不得人的事！她是规规矩矩的人家的规规矩矩的女儿！她不懂事，你是她爷老子，你活了几十岁，还做过大队干部，什么场面没见过，你也不懂事？"

徐国忠委屈地说："这哪里怪得我们？按照规矩，媒人、新郎同新娘先进去，我们后进去，我们隔他们比较远，看不到他们。他们是从大门进的还是从侧门进的，我们当时都不晓得。我们也是后来听人讲才晓得的。"

柳赛英不饶："一个糊涂，个个糊涂！狗都晓得吃屎，你是屎都不晓得吃！"

徐国忠反驳："你就是把我骂死，事情也发生了，也成了事实。"

"你晓得什么？成了事实？我不晓得它成了事实？成了事实，就要挽回！女儿刚到王家就出这样的事，要是不把损失弥补回来，那让她今后在王家怎么做人？她怎么在西山那个地方立足？"

"那你讲怎么挽回？"

"收亲的仪式重新搞过！"

丈夫以为自己听错了，他问："到底怎么挽回？"

婆娘一字一顿地说："收——亲——的——仪——式——重——新——搞——过——！"

丈夫说："重新搞过，不大好吧。"

"有什么不好！我讲要重新搞过就要重新搞过！"

"那是不是太麻烦了？"

"亏你还是个男人！亏你还当过大队干部！你这时嫌麻烦，当时你搞什么去了？吃屎去了？不管多麻烦，也要重新搞过！"

"今天他们西山做收亲酒，明天我们这里做回门酒，你要重新搞过，什么时候重新搞过？"

"今天他们收了亲，改不了了。明天我们回门，也改不得期。把明天的事情做好之后，后天，对，就是后天，要把收亲的仪式重新搞过。"

"后天这个日子是不是好日子？是不是要去翻通书、问菩萨？"

"翻什么通书，问什么菩萨！我讲后天是好日子，就是好日子！"

"要是西山那边不同意怎么办？"

"他们敢不同意！他们要是不同意，我就把女留在屋里，不让她去西山！我柳赛英讲得出，做得到！只是收亲仪式重新搞过的时候，不要那么复杂，可以简单点，但挽回面子的样子要做出来。"

第二天，回门酒照样做。在媒人、新郎新娘和新郎父亲走之前，徐国忠先把媒人拉到一边，说了要重新搞收亲仪式的事情，媒人很为难。他就去找新郎和新郎父亲商量，他们也很为难——从盘古开天辟地以来，还没有过这样的先例。

柳赛英说："没有先例不要紧，先例总是要人开的，就像在盘古以前，天地不也是没人开吗。当然，我也晓得收亲仪式重新搞过，是蛮麻烦的事。我们王徐两家开亲结义，是好事。昨夜你们王家收亲，我们都欢天喜地。不过发生了那样的事，是美中不足。事情又是发生在你们西山王家，我不管是谁的责任，现在追究责任也没意思。事情讲起来不好听，我们没面子，主要是你们王家人没面子，我这样做主要是为你们王家人着想。"

由于柳赛英的坚持，收亲仪式如她所愿，重新搞过了一回。

但这一回确实简单了蛮多。新郎喊来两个抬轿子的——他们本不愿意再来，但经不起王安国恳求，还是答应了。媒人自是必不可少。这一行四人早早来到徐国忠家。徐国忠打了一挂长长的鞭炮表示欢迎，但家里也不像前天那样有那么多送嫁的人，此时送嫁的人只有徐国忠和柳赛英。客人坐下来，主人热情倒茶。喝过茶，他们就准备走。大家都起身来到地坪里，父母把女儿交到王安国手里，王安国把大肚子徐荷花扶进轿子。然后他们就走。徐国忠又打了一挂长长的鞭炮表示欢送。

一路上阳光明媚，芳草如茵。接亲的队伍一路无话。

到了王安国家门口，轿子落地。王安国把大肚子徐荷花扶出轿子。他爷老子在地坪里放了一挂长长的鞭炮。他们一行五人，进了屋。这回不会再错了，是从大门进的屋。

4

到河里划了船，徐荷花带着一身疲惫回到家里。然后是吃早饭、绣花——不，今天她先不绣花，她要去文华中学一趟。

今年上半年，她还是第一回去文华中学。

徐荷花骑着单车到学校的时候，学生们正在上课。她去了丈夫所在的初二年级办公室。丈夫的同事热情地同她打招呼："王老师上课去了。"她笑着问："下课是不是还要蛮久？"同事说："课是刚上不到10分钟。"言下之意是，她还需要等三十多分钟。她接过同事递过来的一杯茶，把它放在丈夫的办公桌上。

徐荷花去了丈夫的房子里。平时虽然很少来，但她有一把钥匙。

丈夫的生活习惯一直很好，房子收拾得井井有条，看了让人舒服。徐荷花在书桌前坐下，没事就随便翻书桌上的东西。她打开书桌抽屉，随便翻看里面的东西。

后来她没去办公室继续等他，茶也没喝。哪还有心情喝茶呢？

徐荷花从丈夫的抽屉里翻出了两封情书。其中一封，一看那熟悉的笔迹，就晓得是丈夫写的，满满的三页！另一封是女人的字迹，也是满满的三页！从内容上看，信的主人是这个学校的女老师，她丈夫应该在部队里。符合这个条件的，只有罗嫩玉！信写得——那个肉麻！那个下流！那个无耻！

气愤之下，徐荷花想拿着这两封情书去找校长。她要让奸夫淫妇身败名裂！但她并没这么做。她把这两封情书收好，放到自己身上，把抽屉关好，走出房门，把门锁好。

然后，她骑单车去了乡上。本来还要去乡上买东西的，现在，她东西也顾不上买了，那东西倒也不急用。她找到一家打字社，问店主："复印多少钱一份？"

"五角。"

这么贵！

她想了一下，贵点就贵点，值！

她把两封情书各复印一份，便骑单车回了家。

短短的一天时间却让徐荷花感觉度日如年，内心五味杂陈。

知人知面不知心！

丈夫王安国回来的时候，徐荷花和崽刚刚吃过夜饭。

她看丈夫的面色有些不对，不晓得自己的面色是不是也这样。他们那在小学读书的崽，也不晓得大人之间已经发生和将要发生的事。

丈夫守在家里，守着崽做完作业，还检查了一遍。不久，崽就去睡觉了。徐荷花觉得时间在她身上过得分外的慢。在丈夫身上，也绝对如此。他还蛮会装模作样！

崽睡着了。

这两夫妻就开始了他们的人生游戏。

丈夫先打破沉默："你今天去了学校？"

徐荷花撒了谎："没去。"

"还讲没去，我同事都同我讲了。"

"你蛮在意我去没去学校吧。"

"不在意，你随时可以去。"

"学校是你们的，我去不大方便吧。"

"你怎么话里带骨头带刺？"

"鲠着你了，还是刺着你了？我还去了你房里呢！"

"我不晓得。"

"王安国，你就莫装聋卖哑了！"

"我是不晓得。"

"你晓得什么？你只晓得同别的女人勾勾搭搭！"

"你这话什么意思？哪有这样的事？"

"不承认是吧。要不要我把情书拿出来？要不要我大声把情书读出来？"

王安国不作声了。事情败露了，自己理亏，实在不晓得说什么好。

徐荷花就坐在他面前，隔他很近。她突然起来，走过去抽了他一个耳巴子。王安国猝不及防，根本就没想到要躲，这个耳巴子，他百分之百地受着。

"你打什么人？"

"我打什么人？我打你！我打你还算好的！要是我不打你，只怕今后就要轮到别人打你！别人打你就不会只打一个耳巴子，只怕会打断你的手脚！那个婊子婆是什么人？那个狐狸精是什么人？她丈夫是部队里的军官，你偷她就是破坏军婚，是犯法的。你一个老师，还为人师表呢！你犯法了你自己不晓得？"

"我们没那回事。"

"是不是还要我抽你几个耳巴子你才会讲实话？告诉你，我今天还去了乡文教办！"

"真的？"

如果是真的，那他王安国就完蛋了。破坏军婚，是犯法的，是要判刑的，是要坐牢的。没有了工作，对他已经是天大的打击，况且还要面临牢狱之灾，那他这一世不就完了吗？一夜夫妻百夜恩，他不相信婆娘真会这么绝情。

"你没去文教办吧？"王安国问。

"我去没去你怎么晓得？"

"我错了，我错了，这全部都是我的错！"

"这个时候晓得错了，只怕是迟了。"

"你没去文教办吧？"

"你想怎么解决这个问题？"

"随你，一切都随你！"

"那好。"徐荷花就着手解决问题。

第一步，她要他把他们见不得人的事都老实交代。她的政策同党的政策一样，老实从宽，抗拒从严。

王安国把她想听的和不想听的，都讲了出来。

第二步，她要他跪在她面前。

王安国犹豫了。男儿膝下有黄金。

"你跪不跪？"徐荷花没好气地说。

他还是跪了。反正房里也就只有他们夫妻两个人，他下跪是天知地知你知我知的事。别人不晓得，下跪也就不那么难了。再说，好汉不吃眼前亏，好汉先要渡过难关。

笔直地跪在水泥地上，一会儿他的两个膝盖就痛起来。他换了个姿势，把双手放在身体前方的地上，把脑壳放在手背上。这样多少轻松一点，但也很累很痛很苦啊。

徐荷花说："吃得苦中苦，方为人上人。才跪了不久，到底要跪多久，我心里有数。到时候，我自然会喊你起来。"

"你心里有数，我心里可没数！"

王安国在她面前跪了一个半小时，她才把他喊起来。

这两个膝盖呀，痛得好像都不是他自己的了。

他再三乞求她把那两封情书烧了。徐荷花网开一面，烧了它们。但她还有情书复印件，这个，她没告诉他。丈夫不老实，婆娘也得留一手。他也许不会再跟那个狐狸精好了，但这个世界狐狸精太多了，每个女人都可能是狐狸精。

第三步做完，就很晚了。他们上床睡觉。王安国要同婆娘亲热。徐荷花推开了他："做什么空事！"丈夫见妻子不愿，反问道："这怎么是空事呢？"她翻了个身："你的面皮，怕有三尺厚。"丈夫心里想："事情都到了这个地步，面皮不厚点行吗？我不把你搞得舒服一点行吗？"

后来，他真的同那个狐狸精断绝了关系。

地方上没人晓得王安国下跪的事。关起门来，家里面，那可是惊涛骇浪。打开门，走出去，大家都若无其事。

从此，徐荷花就多了个心眼，把丈夫管得紧了。

今后，他还会不会出这样的事？不晓得。今后的事，谁能保证呢？

5

今年的秧田门，王安国家关得最迟。

其实王安国家无秧田门可关。他家同别的人家一样，也是有秧田的。同以前一样，这秧田是王安国自己搞出来的，种子也是他自己浸的，也是他自己撒的，但今年真是碰了鬼！别人家的秧都长得好好的，往年王安国的秧也长得好好的，但今年，他秧田里的秧数得清。原来是烂了种，等到他想补播的时候，季节已经迟了。

"你今年怎么搞的？"他婆娘徐荷花这样责怪。

王安国嘿嘿笑着，说："老革命碰上了新问题。"

"你呀，只晓得教书！"

"你这样讲就没味了。哪一年的秧不是我搞的？我也只今年出这样的问题。"

"你只今年出这样的问题！你的意思是，要年年出这样的问题才是问题，或者，三年两头出这样的问题才是问题？"

"我不是这个意思。总有什么好讲的！我们只有一亩五分田，只要几担秧就栽得满，你着什么急？"

"我着什么急？没有秧，就栽不得禾，栽不得禾，田里就没谷割，没得谷，我看你吃什么？真的请你咬勺子！吃饭穿衣，吃饭是第一件大事！"

"你莫把事情讲得这么严重，好像我犯了杀人大罪一样。"

"那倒不至于。"

埋怨归埋怨，还得想办法。划船之后，徐荷花就同划船的女人们说，今年我们的秧，可以讲是一根也没得，你们不管哪一家，要是有秧多，不要扔掉，我今天就同你们都挂了钩。

秧的问题解决了。只是各家各户栽禾不可能同时开始，同时结束，总是有先有后。某家先栽禾先结束，有秧多，就给了王安国。王安国两夫妇就去栽禾。他们一丘一亩五分的田，竟然栽了四样禾种。好在，这四样种子都是差不多一起成熟，基本上不会耽误早稻的收割和晚稻的插秧。

正因为要去求别人，要等别人确信自己确实有秧多，他们才会把多余的秧给王安国，所以，王安国一家栽禾也算得不迟，但全部栽完——关秧田门，却是最迟的。

刘芙蓉说："王先生，你下人种蛮厉煞，怎么下禾种这么不里手呢？"

这句话把王安国说得面通红的，他没回话，他认为自己是个好男人，他遵循古训。

徐如意挑着满满一担秧到王安国家田里的时候，这丘田快要栽完了，而且，不缺秧了。

徐如意有点尴尬，准备把秧担回去。徐荷花赶紧从田里上来，接过了她的秧，还连声道谢。

徐荷花说："这秧，是你的一片好心，我要了。走，到我们家去坐。"

不管徐如意同不同意，她到圳里把手脚洗了，拖了徐如意就走。

走了一会儿，徐荷花才晓得自己赤着脚，于是她要徐如意站着等一下她，她跑到自己的田边。

穿好凉鞋，徐荷花对王安国说："你就要栽完了，栽完了禾，你先不要回来，你先把这担秧担到东冲去。"

王安国不解，说："你不是要了这担秧吗？"

"这担秧我当然要。我要你担到东冲，不是要你把秧还了把徐如意，是要你把秧担了把青胖子。徐如意没养鱼，也没养牛，她要这个秧也没什么用。我们也是。青胖子养了鱼，你就把秧她，鱼喜欢吃秧。"

王安国不能拒绝。咎由自取，怪得谁呢？

第十一章　牛归原主

1

刘中民一肚子的气！

本来自己家的牛失了，心里就蛮着急。要是失了一只鸡或者一只鸭，那还好讲，嘴巴上念几句就了事。现在失的，不是鸡，不是鸭，是牛！牛是什么？牛是农家宝！虽然早稻的牛工夫已经做完了，但要是没了牛，晚稻的牛工夫怎么办？同别人家借牛？我自己有牛，为什么要开口同别人借？一条牛，就是半个家，值蛮多钱，失了牛，是家庭大事中的大事，刘中民两夫妇急得团团转。世上的路千千万万，你到哪里去寻？但牛不是鸡，不是鸭，它是那么大的一个畜生，那么打眼，寻起来应该不是蛮难。这两夫妇上寻下寻，左寻右寻，东寻西寻，寻了一天。第二天他终于打听到田家湾一户人家捡了一条黑牛。事不宜迟，刘中民立刻骑上单车赶到田家湾，赶到田海英家里。他一看那头牛，果然是黑的，果然牛的脑壳顶上有一块白花，看到他来了，牛还冲着他亲切地叫了几声，叫得他心里好欢喜。牛失而复得，他想自己辛辛苦苦的寻找也值了。

但接下来的事，出乎刘中民的意料之外。他只肯出五块钱给田海英表示感谢。田海英嫌少。刘中民晓得现在是自己求人家，所以压着心头的火，说："那你开个价。"一听这话，田海英就不高兴了："你要是有诚意，那就拿二十块钱吧。""二十块钱！这么多，你田海英不是抢钱吗？虽然讲牛远远不止值二十块钱，但你是捡了我的牛，牛是我的，你也只关了一夜，就要这么多钱，真是狮子大开口！"

刘中民的老婆说："要是事情是像你讲的那样，那个田海英也真是太过分了！"

刘中民说："我有必要捏事吗？他就是那样，牛在他手里，他就想敲我们一笔钱！"

"是不是你失了牛，心里着急，不会讲话，得罪了他，惹得他心里不欢喜？"

"失了牛，我是着急，你不也一样的着急吗？不过，同别人打交道，我还是有分寸的。我讲我拿五块钱给他，他嫌少。听话听音。我一听他的话，就晓得他要在我身上煎油。"

"后来你就同他吵嘴，赌气回来了。"

"我是同他讲了几句不大动听的话。这也怪不得我。你晓得他是怎么讲的吗？他讲，他承认，牛不是他家的，牛是他捡的，不过，俗话讲，捡的捡的，视如买的。听了这话，我就担心他不会把牛还我们。我怀疑他开始嫌五块钱少都只是障眼法，目的就是要惹我发火，我们闹翻了之后，他就好把牛占为己有。"

"要是这样，那就中了他的招！"

"就是啦。一定要想个办法。"

"你今天就还去田家湾要牛，他不是要二十块钱吗？你就拿二十块钱给他，看他还怎么讲！"

"把二十块钱给他？你发癫了吧！二十块钱！你讲起来就同吞一口冷水那么容易！我在外面做好多天事，也不一定赚得二十块钱回来。现在一下子就把二十块钱给他，我舍不得！再讲，我今天要是一跑去就把二十块钱给他，那不是说明我昨天没得一点儿道理吗？那牛明明是我的，我要回我的牛，还答应把五块钱给他，我没错！错的是他！是他错了！"

"我这个办法不行，你是男人，那你想个办法！"

"我把这个事情反映到村上去，让村上的领导同他们那边村上的领导交涉，这样要不要得？"

"不行不行不行！这个事情，已经闹僵了。你再把事情反映到村上，晓得的人就太多了，晓得的人一多，他那边的面子上下不来，他就会一条路走到黑，事情就会闹得越发僵。就算最后我们把牛要回来了，请了两边村上的领导，花的钱只怕也不止二十块。"

"也是。"

"清官难断家务事，这件事不能反映到村上去。搞急了，他硬是不把牛还我们，我们也没办法，我们又不能拿了石头打天！牛是我们的，我们去要牛，我们有道理。不过，俗话讲，捡的捡的，视如买的，他也有他的道理。我还有一个办法，你看要不要得？"

"什么办法？快讲！"

"嫁到我们这里的田丽，不就是他田海英的女儿吗？我们去寻她，她从中做个转弯，事情……"

"你要我去求她？不！我不去！"

2

你不去我去。刘中民的老婆陈朵花走出家门。现在是什么时候，还能顾着自己长辈的身份吗？

其实，田丽跟着丈夫喊刘中民和陈朵花叔和婶，要是没发生那件事，他们只要大大方方同田丽讲事，毕竟他们是长辈嘛。但是，那件事……田丽应该没把那件事同她娘家的人讲吧。要是她讲了，那我去了也没用，也等于没去。想这么多做什么，现在只有这个办法，我不能太顾自己的面子了。陈朵花边走边想。

　　那件事其实是小事。一天上午，刘中民在河岸上捡到了一只二十多斤的羊。根据当时的情况看，它应该是被狗咬死的。第一个看到这只死羊的是刘中民，所以它就好像是他的。还有三个男人走在他后面，他们说："俗话讲得好，见者有份，你刘中民也不能一个人独吞。"刘中民有些心虚："我哪里会独吞？"这三个男人就跟着刘中民去了他家。刘中民让自己的老婆陈朵花烧水。陈朵花迟疑了："这个羊不是我们的，我们这样吃了，要是羊的主人跑来要羊，就有点麻烦，我看这只羊，有点像侄子刘文革家的。"四个大男人都说："管它是谁家的，怕什么！我们是捡的，俗话讲得好，捡的捡的，视如买的，这只羊被狗咬死了，被狗拖到河岸上，我们看见了，我们捡了，它就是我们的，羊的主人找上门来，他也没什么闲话好讲。"杀羊，用开水泡，去毛。五个人一齐动手，很快就让一只黑羊变成了一只白羊。羊肉，每个男人四分之一，那个羊脑壳，自然就给了刘中民。陈朵花让丈夫拿给父母一坨羊肉，然后她自己骑单车回娘家，送去一坨羊肉。当天快吃晚饭的时候。田丽和丈夫刘文革找上门来。他们说："我们听人讲，你们在河岸上捡了一只死羊，那只羊是我们的。"言下之意，他们想要回那只羊。陈朵花暗暗叫苦，果然有麻烦了。刘中民从容不迫地说："这只羊，是我们几个人捡的，我们都已经把羊肉分了。"田丽和刘文革晓得想要回整只羊，是万万不能了，于是他们退而求其次，只希望要回一腿羊肉。刘中民说："那就不好意思，这只羊本来就不大，我只分了一脚羊肉，中饭一餐都吃完了。"刘文革变了脸色："你们真是好意思，吃别人的吃得心安理得，这只羊，我们畜了那么久，一粒羊屎都没吃到！"陈朵花不回话，刘中民厚起脸皮说："那不能怪我们，只能怪那条狗，要是那条狗不把你们的羊咬死，把死羊拖到河岸上，我们也不会捡。"田丽暗暗拽了一下丈夫刘文革："羊是他们几个捡的，他们好像也不是大错特错，再讲，从辈分上讲，他们是叔婶，我们是他们的侄子、侄媳妇，我们再有理也要让几分。"刘文革听进了媳妇的话便说："你们捡了羊，我不怪你们，俗话讲，捡的捡的，视如买的，也只是讲视如买的，不是真的自己买的，你们吃羊肉我也没意见，只是你们晓得羊是我们家的，该分一脚羊肉把我们吧。这个要求一点儿都不过分。"陈朵花面都红了，刘中民却没有红面，他说："我们四个人当时不晓得羊是谁家的，所以就做四份分了。当时我们要是晓得羊是你们家的，我们肯定会分一脚把你们。"刘文革不信："你们未必不晓得！"刘中民说："我们四个人还真的不晓得，好啦，这些那些莫讲了，我们的羊肉已经吃了，你到他们三家去看看，看他们还有没有。"刘文革和田丽气鼓鼓地走了，他们真的去了另外三户人家，那三户人家也是中饭一餐就把羊肉都吃了。羊肉都被他们吃完了，你又不能把他们的肚子剖开，从他们的肚子里拿出羊肉来。就是真的能把他们的肚子剖开，那羊肉也多半变成了屎！刘文革和田丽夫妇并没有跟那四户人家闹翻，但彼此有了隔阂。他们劈面碰到刘中民和陈朵花的时候，也不像以前那样喊他们叔和婶。刘中民和陈朵花认为，吃他们一脚羊肉有什么！那羊是我们捡的，又不是我们偷的、抢的！你们不喊我们，说明你们连起码的礼貌都不懂！我们是长辈，要我们先喊你们，没门，毕竟我们是长辈，你们是晚辈，道理摆在这里。

陈朵花进刘文革家的时候，田丽刚好在家绣花。

田丽红着面说："朵花婶，稀客，请坐。"

"田丽侄女，我们是自家人，客气什么！"她一边说一边在田丽递过来的椅子上坐下。

田丽泡来一碗热茶。

陈朵花起身接热茶。

"朵花婶，你坐着。"

陈朵花接过热茶坐下去，热茶放到地上，说："文革不在家？"

"他呀，到外面做事去了。"

"我这个侄子，蛮勤快。"

"穷人家事多，家里没钱，不勤快一点儿怎么办？不勤快一点儿，只怕要去讨米要饭。"

"你莫讲得这么吓人。"

表面上看着客客气气的，实则两人之间像隔了一堵墙。

"田丽，你们二十几个女人在河里练船，莫不是今年过端阳的时候，真的要同龙虎乡河边村的男人去比？"

"当然要同他们去比。"

"你们比得赢？"

"比不赢也要去比，已经答应他们了，不去比怎么行？其实，端阳划龙船，输赢在其次，主要是凑热闹，搞得过端阳像过端阳的样子。"

"也是。我要不是老了，只怕也参加了你们龙舟队。"

"你老什么！"

"还不老？我都老得筋都扭到一起去了，就同一条老丝瓜一样。你们天天练船，累不累？"

"刚开始的时候，是蛮累，练了一阵，不大累了，现在，力越练越大，感觉不出累了。"

"田丽，有一件事，我一直想同你讲。只是，我总碍于自己情面，没同你讲。"

"朵花婶，什么事，你讲得这么郑重其事。"

陈朵花欲言又止。

田丽说："朵花婶，什么事，你只管讲。你这么吞吞吐吐，把我急死了。"

"那我就讲了。"

"天大的事，你不讲，别人怎么晓得？讲吧。"

陈朵花就把自家的牛失了，他们怎么寻，后来刘中民怎么寻到了田家湾，怎么同田丽的父亲田海英发生口角这些事，都讲了。她说："你中民叔同你爸讲了几句不好听的话，只能怪你中民叔，我晓得，他是急性脾气，讲不得两句好话就同别人急。"

田丽说："朵花婶，事情真要是这样，我爸怕也有责任。中民叔是急性脾气，我爸也一样。两个急性脾气搞在一起，怪不得他们要吵嘴。"

"事情闹僵了，我们想来想去，认为你出面最好。"

"我爸的性格同为人我最清楚，他急性脾气不假，不过，他绝对不会多要别人的钱，也不会要别人的东西，莫讲是牛这样的大件东西，就是鸡鸭这样的小件东西，他也不会要。"

"讲起来真是不好意思。我和你中民叔枉做了你们的长辈，以前还占过你们的面子，如今没办法了又要你们帮忙，实在是面皮八尺厚。"

"朵花婶，快莫讲这样的话。我肯定会同你们一起去。我去不是帮你们的忙，我该去。"

3

田海英一肚子的气！

本来是件好事，前天他捡了一条牛。当地流行着这样的话：捡的捡的，视如买的。这个牛，不是他偷来的也不是他抢来的，确实是他捡来的，是牛自己跑到他家那个空牛栏里去的。他不想把这条牛据为己有，他只想牛的主人拿出二十块钱给他，他就心满意足了。

昨日，牛的主人，大田村山上刘家的刘中民找到他家里来了。他来当然是要把牛牵回去，他愿意拿出五块钱来酬谢田海英。田海英说："五块钱太少了点，这牛关在这里，我同你看得好好的，没饿它，也喂得好好的，是到外面割好草喂的它，五块钱，太少了！"

刘中民性格急躁，本来他认为，这个牛不是你的，是你捡的，你应该把牛还了把别人，最好是不要一分钱，如今我出了五块钱，你还嫌少，真是岂有此理？心里是这么想的，嘴巴里讲出来的话就不大动听。他讲："你嫌五块钱少了，那你开个价。"

田海英一听这个刘中民话语不善，心里的火气也一下子蹿了上来："牛是我捡的，我不犯法，我要点钱，也合情合理，你一个外地人，还想在本地嚣张，做梦也莫想！"

于是，这两个人就吵起了嘴架，闹得不欢而散。

刘中民走后，田海英的婆娘劝他："他肯定还会再来，到时只怕惹来麻烦。"

田海英说："怕什么？我是坐山，他是行山，我怕他？"

第二天，刚吃过早饭。女儿田丽就回来了。

田丽坐下来喝了碗茶后就起身朝后边的牛栏走去。

到了牛栏面前，她仔细地看着那头牛，说："爸，妈，这头牛是你们最近买来的吧？"

"不是。"

"那就是借的？"

"也不是。是捡的。"

田丽笑着说："捡的？床脚下有被子捡？"

她母亲说："真的是捡的。"

田丽说："捡的捡的，视如买的。"

她母亲说："快莫这么讲。"

"妈，怎么啦？"

"你这个话要是让别人听到了，他们还以为我们捡了这头牛，要靠这头牛发财。"

田丽说："捡牛又不犯法。"

父亲说："快莫讲起，昨日，就是你们大田村，就是你们山上刘家，有个人喊什么名字去了？"

母亲说："好像是刘中民。"

田丽说："我们那里是有个刘中民，同我们比较疏，不过论辈分，我们还要喊他叔。"

父亲说："他昨夜跑到这里来，讲这头牛是他的。"

"爸，你没让他牵回去？"

母亲说："他只肯出五块钱酬谢我们，你爸嫌钱少了。两个人就吵了起来。"

田丽说："他还敢同你们吵？他失了牛，你们捡了他的牛，是他求你们，他还敢同你们吵？除非是他不想要这头牛了。"

父亲说："天地良心，我们不要他的牛，这么一条大牛，值两三千块钱，我要他出二十块钱，他小气得死，硬是不肯出，死都只愿意出五块钱。五块钱，这不是打发叫花子吗？"

"爸，妈，要我讲，捡的捡的，视如买的。他既然不晓得好歹，这头牛我们干脆不还他了。你要他二十块钱，他哪里拿得出？他呀，穷鬼！"

母亲说："牛是肯定要把还他的，毕竟不是我们自己的。要我讲，我们把它当牛看待，没饿它，不过这头牛也只在这牛栏里关了夜把两夜，要二十块钱，好像是有点多。"

父亲说："你晓得什么？昨夜要是他好生同我讲，我哪里会要他二十块钱？'增广'上讲，好言一句三冬暖，恶语伤人六月寒。他要是同我好生讲，我心里欢喜，莫讲二十块钱，就是五块钱，我也不会要。他好生讲一个谢字，我心里欢喜，就是不要钱，我也没什么。"

"爸，我晓得，你从来就不是贪小便宜的人。想来想去，我也觉得你们把牛还了好。我们喊他叔，你们还了牛，我今后在山上刘家也好做人。"

父亲说："他昨日来的时候，什么都不讲，只讲要回自己的牛。要是我当时晓得你们喊他叔，我还要他什么钱？今后我到你们山上刘家来走动，也要大方些。"

"爸，我这个叔，千好万好，就是脾气不大好，不晓得讲话，本来一句好话，经过他的嘴巴，就不好听了。"

父亲说："你讲得太死火了，他就是这样，不晓得讲话。"

这三个人又讲了一会儿话之后，田丽便骑单车走了。

母亲说："你吃了中饭再走。"

田丽说："我到乡上还有点事，不到这里吃中饭。"

不久，刘中民就用单车拖着他婆娘陈朵花到了田海英家。他们带来了一瓶谷酒和一包芝城烟。刘中民先赔不是，说他昨夜态度不好，千错万错，全部是他的错。他婆娘也说，我们这个刘中民，不是歹人，只是性子急躁，一把嘴巴蛮不晓得讲话，要是得罪了你们，还要请你们原谅。

田海英的婆娘笑着说，讲来讲去，他们还是亲戚。

这就越发好打讲了。刘中民递过来十块钱，田海英是坚决不受，至于这瓶谷酒和这包烟呢，他受了。

他们还留刘中民两夫妇吃中饭。刘中民说："已经蛮麻烦你们了，中饭就算了，今后再来。"

田海英说："也好。"就带着他们去了牛栏。刘中民两夫妇千恩万谢，刘中民把牛牵出来。他让老婆骑单车先走，他牵着牛高高兴兴地回家。

走了不到半里路，刘中民就看到田海英的老婆小跑着赶了上来。到了他面前，她上气不接下气地说："我们家没畜鸡，没有鸡蛋。刚才我到左邻右舍买了几个鸡蛋，你莫嫌少了。"

刘中民说什么也不要鸡蛋。

她说："你不要，那就是嫌少，那就是心里还有想法。"

刘中民说："我哪里还有想法，我哪里是嫌少？"没办法，他只好接过青色的小布袋，里面有报纸包着的八个鸡蛋。

4

刘文革回到家里，对老婆说："今日好奇怪。"

"什么好奇怪？"田丽问。

"我正在走路，中民叔劈面走来。我没喊他。他先喊我，还发了一根芝城烟把我，搞得我蛮不好意思。"

"以前，中民叔同朵花婶吃了我们的羊肉，我当时是有气。过后一想，也不是蛮大的事。我们都是刘家人，一笔写不成刘字。又是一个地方人，低头不见抬头见，劈面碰见了，我们不喊他们，他们不喊我们，搞得我们同他们好像是生人，是仇人，不大好。"

"你讲的也是。"

第十二章

招魂

1

现在，张存忠家里就只有张天健这个爷老子，张存忠和张存孝两个崽。大门关着，他们在张存忠的睡房里商量事情，睡房的门也紧闩着。

大门和房门如此紧紧地关着，是为了把心门敞开。

张天健说："孝伢，出了那样的事，你不想，你哥哥不想，我这个做爷老子的，当然也不想。不过，事情已经出了，问题已经摆在我们面前，要想办法解决。"

张存忠说："老弟，爸爸用了一天一夜你去想这个问题，你也该想清楚了吧。"

父亲和哥哥说话的时候同时看着张存孝，但张存孝却没看他们，好像他不敢看他们一样。张存孝说："你们看这件事该怎么搞？"

张存忠有些急，说："未必你想了一天一夜还没想得通？"

张天健说："忠伢，莫急他，让他自己慢慢讲。这个问题要解决，必须他自己先要想通。他自己要是没想通，我们这些侧边人再急也没用。"

张存孝低着头说："千怪万怪，先要怪张自强那个畜生！然后就要怪明妹这个家伙！"

"这个我们当然都晓得。"张存忠说。

张天健看了张存忠一眼，意思是你先不要插嘴，让张存孝讲下去。

张存孝继续说："明妹她不是人，她要是人她就不会去偷野老公，就不会把一个家丢下不管！我不是不想离婚，事情闹得这么大，把我的面子都失尽了，还连带把你们的面子也失了，要是我们没伢妹子，我早就要同她离婚。"

张天健说："你失面子也好，连带失了我们的面子也好，都莫去讲了，反正要失的面子也已经失了。如今是要把面子救回来。怎么把面子救回来？就看你怎么做。"

张存孝没回话。

张存忠忍不住了，说："孝伢，这还有什么好考虑的？"

张存孝说："离婚，我是没问题，只是苦了伢妹子。"

张天健长叹一声说："孝伢，我晓得你是个心里不忍的人。我是你爷老子，我晓得你从来就是一个这样的人。做娘爷的人，肯定要替细伢妹子考虑。但是你要想一想，你替伢妹子考虑，你那个婊子婆替伢妹子考虑了吗？"

张存忠补了一句："她要是替伢妹子考虑，她就不会去做见不得人的事！"

张天健说："孝伢，如今摆在你面前有两条路。一条路是离婚。当然，离婚是要心痛。不过，长痛不如短痛。第二条路是你忍了，你宰相肚里撑得船，你不计较那样的事。这也要得，只是，你这么大度，她那个家伙未必会回心转意。不是我硬要把她想得那么歹，蛮多女人是这样，只要有了初一就会有十五，要女人从不野心到野心不难，要已经野了心的女人收心，那就真的蛮难。"

"爸，那就照你们讲的去做。"

张存忠说："孝伢，你这个话就讲错了。不是你照我们讲的去做，是你自己要想清楚，是你自己要离婚。你离不离婚，都在于你自己，包括我，也包括爸爸，没人逼你。不离，由你自己决定；离，也由你自己决定。别人讲的话，包括爸爸同我讲的话，最多只是点醒你。"

张天健说："孝伢，你真的准备离婚？"

"嗯。"

"做事是要果断一点，莫总是磨磨蹭蹭。"

张存忠说："那你准备怎么搞？"

"我暂时不去淮阳，先在屋里住一段时间，把她找回来，然后就同她去把手续办了。"

张天健说："这样也好，把这件事做好了，你自己也好安安心心去淮阳做事。离婚是有难处，要再带一个婆娘不容易。不过，像你这么舍得做的人，再带一个婆娘也不是太难的事。你屋里的伢妹子，我和你妈都会帮你带，你哥哥大嫂也会帮你。"

"这个，你就落一万个心。"张存忠说。

2

半边天龙舟队的人都感到奇怪：今天怎么没看见何明婉呢？何明婉不来，跟她一组的吴丹丹就也划不得船。吴丹丹就站在岸边看其他女人划船。袁玉对她说，你也莫闲着，自己一个人拿着桨到水里划一划，熟悉熟悉，功多艺熟，柴多饭熟。吴丹丹就走到坝上，一屁股坐到坝上，拿着桨，应和着船上的节奏，一个人在那里划水。

今天的船划完了，大家从船上下来，吴丹丹也从坝上上来。平常，只要一散场，她们就骑着单车回家。今天，她们却坐在河边扯起谈来。

刘芙蓉说："青胖子，听讲何明婉被她丈夫张存孝捉了奸。"

青胖子说："我不晓得。"

"你瞒着搞什么？"

"我是真的不晓得，我要是晓得，我搞什么要瞒你。"

"你是以为是你们张家屋里的丑事，家丑不可外扬，不好讲吧。"

黎美丽说："我听讲是有这么回事。"

袁玉说："我听讲张存孝还打了何明婉。"

张灿说："是打了。不过要我讲，打了就打了，谁叫你去偷野老公呢？"

李朝霞说："好像是何明婉跑走了。"

黄映如说："是跑了。"

黎美丽说："跑了好，不跑，她怎么有面皮见人？等火静下来她再回来要好些。"

田丽说："我听讲是张存孝要同她离婚，真的假的？"

张灿说："好像是真的。"

刘芙蓉说："离什么婚？"

戴伟平说："他们男人，晓得自己的婆娘偷了野老公，第一个想到的是打她一餐，第二个想到的就是离婚。"

刘芙蓉说："这个张存孝我清楚，他老兄张存忠碰到这样的事要离婚还差不多。他们两兄弟是同一个娘爷生的，样子也像，性格就不同多了，一个急，一个柔。张存孝可能一时气愤，碍着面子，讲要同何明婉离婚，气一消，他就不会离了。"

袁玉说："偷野老公是不对，不过动不动就喊离婚也不好。"

黄欢笑说："这个何明婉，也是寻死路，要我讲，张存孝是个好丈夫，做事又舍得来，又不在外面乱来。"

徐艳姿说："就是。要是自己的丈夫在外面乱来，你在屋里乱来还好讲。张存孝在淮阳做事，淮阳是个花花世界，他都不乱来，你何明婉乱来讲不通。"

徐荷花说："何明婉怕是被钱烧坏了脑壳，他们以前那么没钱，婆娘丈夫几多好，如今张存孝在淮阳工地上扎架，比一般挨死力气担灰桶的人赚的钱要多。如今他们不缺钱用，她的脑壳昏了，分不清好歹了。"

刘芙蓉说："你们这么讲没道理。谁规定了这个世界上只能男人先偷野老婆，不准女人先偷野老公。"

黄欢笑说："讲句不怕你见怪的话，你这句话是讲你自己吧。"

刘芙蓉不以为意，说："讲我自己就讲自己。"

柳冰玉说："出了这样的事，反正婆娘丈夫双方都不好过。"

陈含英说："只怕最造孽的还是伢妹子。"

蒋滟滟说："大人出这样的事，伢妹子跟着受苦。"

袁玉说："还是不出这样的事为好。"

陈青兰说："这样的事好不好，刘芙蓉最有发言权。"

"你这个死青胖子，你丈夫半个月没回来搞你，你就发痒吧。"

李朝霞说："别人的事，我们总在这里嚼什么嘴巴？太阳都那么高了，回家。"

对，对，对，回家，回家。

3

张存孝是在离家十几里的地方找到自己的婆娘何明婉的。何明婉觉得自己没脸见人，就跑到自己小时候耍到很好的一个女伴家里躲了几天。她们是几乎无话不谈的朋友。

看到张存孝的时候，何明婉笑了一下。

张存孝看到自己的婆娘，离婚的决心就像狂风暴雨中的烂房子一样摇摇欲坠。

"跟我回去吧。"他说。

何洁若（何明婉的朋友）替何明婉出面："你们婆娘丈夫之间发生了这样的事，是要想办法解决，是要坐下来心平气和地讲一讲，你想怎么解决？"

何明婉说："随他怎么解决，我已经有了思想准备。"她对张存孝说："走吧。"

他们回到了东冲张家。

因为张存孝的宽宏大量，这两婆娘丈夫没有离婚。父亲张天健和兄长张存忠又一次骂张存孝软弱，这个孝伢，真是没得药吃！明明讲好了的事情，到头来他又反悔了。要是他把他们的话讲给何明婉听，今后让他们怎么同她相处？张存忠说："今后，孝伢这个家伙的事，就是天大的事，我也不管了，他这么做，害得我们怎么做人？"张天健也说："孝伢这个畜生，是个没得主见的人。"

回到家里，张存孝陪了何明婉几天，她也在这几天中调整了自己的心情。她彻彻底底认识到是自己错了。自己有一个8岁的儿子，有一个3岁的女儿，还有一个不计较她过去错误的丈夫，丈夫在外面做事赚钱，还不在外面乱来，这样的丈夫，你就是打着灯笼火把也没地方寻！这样好的一个家庭自己都不晓得珍惜，反而要脑壳发晕，实在是糊涂。

张存孝把自己的家庭问题解决了，接下来，他就该去淮阳的基建工地做事，但他一直待在家里，好像一点都不着急。

从回到东冲张家的第三天开始，何明婉就又回到了船上，和她的姐妹们一起划船。她的姐妹们也只当她没发生什么事，仍然和以前一样对她。同丈夫和好如初，地方上也没人讲她的不是，至少没人当她的面讲她的不是，何明婉觉得，自己的生活又走上了正轨。

她对张存孝说："我想去青莲寺。"

他连忙问："什么时候去？"

"现在就去。"

"去庙里还要准备一些东西。"

"那些东西我都准备好了。"

他连忙把单车推到门前坪里，她紧紧跟在他身后。他骑上了单车，速度不快，好让她顺利地坐到单车后座上。她小跑了几步，轻巧地坐到了单车后座上。

天气不冷不热，吹的是和风。

快到青莲寺的时候，他们把单车骑在山下一户人家，然后两个人走路去庙里。这个岭比较长，有一段比较陡。他走在前面，伸出手拉后面的她。他们都出汗了。

青莲寺里有菩萨，但这个时候没人。这个庙当初起的时候，没有得到上级部门的批准。等到它建成了，等到有很多善男信女到它里面求神拜佛，上级部门才知道这么一回事，于是说它是违法的，就把它封了，它的香火一度中断，但不久，又有好多人到这里来问卦。上级部门呢，也没有再来过问这事。

庙里没人，但神位前香烟袅袅。

何明婉走到菩萨面前，虔诚地点烛点香，然后跪下来，烧钱纸，口里念念有词："老爷，菩萨，第一，你要保佑我们一对崽女无病无灾；第二，你要保佑我们存孝外出做事平平安安，第三，你要保佑我们在屋里的人，不受精怪魔鬼的纠缠，也要清洁平安。"

张存孝走到庙门口放鞭炮。他以为求神的事情结束，他们就要回家了。她要他回到庙里。出乎他意料的是，她还是跪在菩萨面前，大声说："老爷，菩萨，我以前做过糊涂事，你应该一清二楚，是我丈夫把我从悬崖边拉了回来，今天，我当着我丈夫的面，在老爷面前发誓，今后我要是再做出对不起丈夫对不起家庭的事，我不得好死！我决心痛改前非，重新做人！人在做，天在看，老爷，请你今天同我做个见证。"

一时之间张存孝被妻子说的话吓住了，愣了几秒后上前扶起何明婉说："你快莫这样讲，你的心我晓得。"

回到家里，被婆娘感动的张存孝心中暗自想：他晓得婆娘的誓言是真的，如果她的心不是真的，又怎么会跑到菩萨面前去发这样的毒誓呢？

第二天，他就搭车去淮阳工地上做事了。

4

何明婉发现她一直在欺骗自己。

丈夫对她好，实在是对她太好了，好得不能再好了。她在菩萨面前发了誓要改邪归正，今后，定不会辜负丈夫的一片真心。只要一落雨，淮阳工地上不能做事，丈夫就搭车回来了。不落雨的时候，丈夫也一个星期就回来一次。他们已经和好如初，而且，在外人看来，好像比出事之前还要好些。

丈夫张存孝对婆娘的好是出自内心的好，婆娘何明婉对丈夫的好也是出自内心的好。但是，只有何明婉自己才晓得，她并不快乐。她是多么想对丈夫好，而且她也这么做了，丈夫无疑是感到快乐的。只有她自己晓得，她同丈夫睡觉并不感到快乐，她的快乐是装出来的，是为了让丈夫快乐，她总是要想到张自强——她的野老公。尽管她晓得，她这样想是不好的，甚至是罪恶的，但她就是忍不住要想到他。只有他，才能让她在床上真正地快乐。一个女人，只想着自己床上的快乐，她也晓得这是多么的下流、无耻。但下流归下流，无耻归无耻，她独处的时候，尤其是深夜睡不着的时候，她总要想到那些下流无耻的事情，有些画面总是在她面前晃来晃去，她忘不了，永远也忘不了。不要别人来指责她，她已经无数次地指责了自己，但指责有什么用呢？要想的还是想。

听人说，经常在水里做事的人，喝点酒是有好处的。于是，有一次她就喝了酒，喝了半斤多酒，她醉了，没有呕吐，但醉得不省人事。醒来之后，她想，要是能够就这样醉死过去，那就好了。她只是醉，大醉，没有死。死是不容易的。

她借助菩萨的威力，她对自己说，你是在菩萨面前发过毒誓的，人在做，菩萨在看，你要是讲话不算数，只怕真的会遭到报应。她这样吓自己，是有一定作用的。但菩萨的作用毕竟有限，它仍然不能阻止她胡思乱想。特别是当丈夫回来，她满足了丈夫的需求，看到丈夫高兴地搭车去淮阳之后，她就更是控制不了自己。她疑心自己要发癫！不想做的事，偏偏要做，而且要赔着笑脸做。想做的事，偏偏不能做，要是自己又做了那样的事，她都不会原谅自己，她都会扇自己的耳巴子！

……她远远地看到了青胖子。青胖子死不要脸，衣服也没穿。她要青胖子把衣穿好，但青胖子不听她的。她看到青胖子两只大乳房在无耻地晃荡。她还看到了张自强，他死死地盯着青胖子，死死地盯着她的两只乳房。他不要脸！她对他喊："你不要看青胖子，她不爱你，她只是想你去搞她，她同你没感情！"但他就是不听她的话，或者说，是听了做个耳聋。他也好像她这个人不存在一样，看见做个眼瞎。

这是在哪里呢？

对了，就是在山里，四周都是树和柴草，把他们两个遮得严严实实，除了她之外，没人看到他们。这个地方，她何明婉好熟悉。青胖子越来越不要脸，把自己的裤子都脱了，一丝不挂。她还好得意，好像世界上的女人就只有她有那个把戏。

张自强走到青胖子面前，青胖子倒在草上。突然，青胖子的脸变成了刘芙蓉的脸，这张变化的脸好淫荡。刘芙蓉说："来呀，来呀，我要你呀。"张自强说："我来了，我就来了，你要我呀，我把你呀。"

何明婉手里拿着一把菜刀，她想跑上前去，把这对奸夫淫妇一刀两断，两刀就结果了他们！但她就是不能动，她这个人好像被什么人，或者神仙或者魔鬼施了定身法，动弹不得。她要喊！她要杀人！……

就在这时，何明婉醒了。原来是一个梦。

真的只是一个梦吗？她想。

划船之后，何明婉回来搞早饭吃，然后扫地，洗衣。这是她做过无数遍的家务，做起来自然是得心应手，今天，她更是把它们做得"风快"（像风一样快）。

她骑单车去外面。到了几里外的邻村——文华村，在一条山路上，她把单车停在路边，等着什么。

不久，张自强骑着单车来了。

"自强。"她喊了一声。

"什么事？"他冷冷地问。他把单车停下来，但身体还架在单车上，随时准备骑着单车走。

"你这么讲，好像我们两个人不认得一样。"

"我们是同不认得差不多。"

"你下来，我同你讲件事。"

"我们之间还有什么事好讲？"

"你就真的这么绝情？就算我求你了！听我讲完这件事之后，你理不理我都随你。"

"我听着呢。"

"到那边去吧。"

他勉强地把单车放在路边，但隔她的单车有一段距离。他跟着她到了杉树的树荫下。她一屁股坐在一块青石上，他站着，隔她有一段距离。

"听人讲，你同青胖子好上了？"

"没。"

"你争什么？"

"要是我真的同她好上了，我搞什么要争？你是你，我是我，我同谁好上了，关你什么事？我又搞什么要争？"

"我还听人讲，你同刘芙蓉好上了。"

"没。"

"你又争什么？"

"我又争什么？因为连影子也没得的事，我搞什么要承认？"

"我们之间，真的一点感情都没得了？"

"笑话！还谈什么感情！要谈感情，就不会跑到青莲寺里，就不会在菩萨面前发毒誓！"

"我是在菩萨面前发了毒誓，我当时是想改。"

"现在不想改了？"

"你不晓得我有多难！"

"你有多难？你丈夫是打了你。我呢？出了事，我老舅他们三兄弟找上门来，当着我婆娘的面，当着好多人的面，打了我一餐！我比你惨得多！"

"我听人讲了。"

"我晓得你也听人讲了。好事不出门，歹事传千里。你也听讲了，你也同别人一样幸灾乐祸。"

"你莫冤枉人好不好？你有灾，我也有灾；你有祸，我也有祸；我哪里会幸灾，哪里会乐祸？"

"讲得好听！你该不会讲你心痛吧。"

"自强，我告诉你，我是心痛，心尖痛，痛得不得了。"

"你心痛？你心尖痛？你痛得不得了？你同丈夫那么好，你会痛得不得了？"

"你是不是要我把心挖出来把你看，你才信我？"

"谁要你把心挖出来？"

"你不信，你就自己来挖我的心看！看它到底是不是痛！"

她说着，把自己的衣服解开，露出白白的胸脯。

站着的他惊呆了，他也坐下去，就坐在她旁边。

他没有挖她的心，他挖了她的其他东西。

你不得好死！

何明婉又和张自强好上了。她越来越发觉，只有张自强能给她快乐。她晓得这快乐是邪恶的，但她不管，她需要这样的快乐。

你不得好死！

就是真的不得好死，她也认了。一个人，怎么死还不晓得，先好好地活着再讲。只有他张自强，才能让她好好地活。她晓得这一点，她的身体晓得这一点。

5

吴丹丹说："这个何明婉，怎么今天又没来？害得我一个人又成单！她该不会又出什么事了吧。"

"就是啊。"李朝霞说，"她这个人，只要没大事，她就会来划船。"

东冲张家几个女人都没接话。她们一致的沉默就很能说明问题。

刘芙蓉笑着说："青胖子，何明婉到底出了什么事？"

青胖子说："她应该没出什么事吧，我不晓得。"

"你呀，不管问你什么事，多半是不晓得，不晓得。真是一问三不知。"

袁玉问："张金花，你家隔何明婉家最近，你应该晓得吧。"

张金花被逼得没办法了，只得说："是出了事。"

西山和山上的女人异口同声地问："出了什么事？"

张灿说："还能有什么事？丑事呗。"

刘芙蓉说："她又偷人了？"

张灿说："还不但是又偷人了，偷的还是原来那个人。"

肖宏说："她怎么又同张自强搞到一起去了？她不是在老爷面前发了毒誓吗？"

张灿冷笑着说："赌咒赌得灵，牢房里没罪人。"

从辈分上来说，张灿喊张存孝叔，喊何明婉婶，她自己是东冲张家的人，嫁的也是东冲张家人，也姓张。他们虽是出了五服的人，但两个张姓人结婚，还是成为当地的一个笑谈。当时有个歌谣是这么说这桩婚事的：张带张，喝米汤。

付流艳说："又没人逼她在老爷面前发毒誓，是她自愿的。如今她这样做，是自己抽自己的嘴巴子。"

蒋滟滟试探着问："是不是张自强又去惹她？"

付流艳说："我也是这样怀疑。"

阳鲜花说："男的不惹女的，女的不会主动。"

黎美丽说："听讲不是男的惹女的。"

张如嫣不相信地说："只怕还是女的先惹男的？"

她是东冲张家的女儿，后来嫁到山上刘家做媳妇，何明婉出了这样的事，她也感觉自己脸上无光。

张灿说："确实是女的先惹男的，这是何明婉自己承认的。"

黄映如说："我听讲捉奸的时候，把张自强打得头破血流，把何明婉的面上也打得出了血。"

既然大家都来扯这事，那不如干脆把自己晓得的都讲出来。

徐荷花说："那她不是破了相吗？"

袁玉若有所思地说："捉奸的人就是要张自强记事，就是要何明婉破相。"

陈含英说："她破了相，就让她见不得人。"

陈青兰说："昨夜，张存孝还把何明婉的亲爷老子喊来了。"

刘芙蓉说："喊她亲爷老子来搞什么？"

黎美丽说："何明婉喊着要离婚。"

张灿说："要是我是我孝叔，离就离。死了张屠户，还真的就吃带毛猪？世上女子千千万，还怕找婆娘不到？"

张金花说："张存孝还是不想离婚，他讲他还可以原谅她一回，只要她改。"

张灿说："她改？她能改？狗能不吃屎？她要是能改，在菩萨面前发了毒誓，也就改了。"

徐如意说："张存孝把她亲爷老子喊来，是要他劝她莫离婚。张存孝还把两个伢妹子喊到面前来，跪在她面前，伢妹子哭着要娘老子莫离婚。"

刘芙蓉说："她还是要离？"

"还是要离。"张灿说，"别人都讲她是铁石心肠，没良心。她爷老子先上去打了她几个耳巴子，然后问她，是谁做错了。她讲是她错了。她爷老子又讲，既然晓得错在自己，搞什么不改，却要一直错到底。她讲，她只能这样了，她晓得千错万错，全错在她。"

袁玉说："她怕是被鬼或者什么精怪缠了身。"

柳冰玉说："我也正想这样讲，不然，她怎么就什么人的话都不听呢？"

张灿说："她还讲，要是不准她离婚，她就死给别人看。她爷老子又上去打了她几个耳巴子，讲，要死你就死，你就死在我面前。"

徐荷花说："后来事情怎么样了？"

陈青兰说："还能怎么样？她昨天半夜偷偷跑走了！昨夜没人晓得，今天早晨才晓得。我们也帮着去寻人，但没寻到，所以，我们几个人今天迟来了。"

徐艳姿说："只怕会出事。"

张灿说："会出什么事？还不是到外面躲一阵，等别人把她的丑事慢慢忘了，她再回来。"

女人们觉得这事扯得差不多了，便都骑单车回去。

李朝霞和袁玉走最后。

袁玉说："何明婉平常不爱讲话，她突然讲不离婚就要死，我也同艳姿一样，好担心她出事。"

李朝霞说："应该不会吧。她在老爷面前发的誓都不灵，她讲要死的话可能是被自己的爷老子打了，气头上才这么讲。"

"不出事就好。"

接下来，划船的女人中就没有了何明婉。人们都不晓得她跑到哪里去了，她丈夫张存孝也曾想去寻她，但他父亲和兄长说："世界这么大，她要是有心要跑，你到哪里去寻？她要是只是跑出去躲一阵，不久就一定会回来。"张存孝一想，是这个理，就把伢妹子交把了自己的父母，去了淮阳，继续去工地上做事。

划船的女人中还少了一个人，那就是吴丹丹。

她为什么也不来划船了？她的同伴后来才晓得，她是跟着一帮人到广东打工赚钱去了。

而何明婉，不但永远不来划船了，还永远不做人了。

6

何明婉死了，吴丹丹走了。

划船的女人觉得船上突然空了一块。这个问题还好解决，前排和后排的间隔稍微拉开一点就行了。但她们觉得心中也突然空了一块，而这个问题，她们不知道如何解决。

袁玉家的大门关着。

袁玉睡房里坐着几个女人。

李朝霞说："自从晓得明婉死了之后，我们划船的劲好像没以前大了。"

刘芙蓉说："我也看出来了，包括我，好像全身软绵绵的，想用力好像用不上。"

陈青兰说："想一想，人一生也真的没多少味道。前些天她还同我们有讲有笑，一眨眼，喊死就死了。想到死，人心里真的是淡下来了。"

袁玉说："这么下去也不是办法。只是，明婉这个事情也真是太惨了。死在外面，烧成骨灰，大鼓也没打，就把她埋了，一点响动也没得。"

陈青兰说："就是。明婉是这么埋的，张自强也是这么埋的。"

刘芙蓉说:"我听讲,张存孝的爷老子和老兄不准他去接何明婉的骨灰,他们讲,何明婉这么横死在外面,把她的骨灰接回来,只怕她做了鬼也让人不得安宁。想来想去,张存孝念在夫妻情分,一夜夫妻百夜恩,还是把她的骨灰接回来了。打大鼓的事肯定……"

李朝霞说:"张自强的骨灰是他爷老子接回来的,他婆娘远在广东,打电话告诉了她,她在电话中讲,隔这么远,她不回来,随别人怎么处理。张自强也是无声无息就被埋了。"

袁玉说:"当然是他们两个做得不对,只是这样的结局也太惨了。"

刘芙蓉说:"《淮阳报》上都讲了这事,只是把他们的名字改了,事情就是他们的事情。报纸上讲,他们两个约好了,到淮阳一家饭店住了几天,肯定是风流快活了几天。"

陈青兰说:"都这个时候了,你还这么讲!"

"我怎么这么讲不得?我要是何明婉,也会这么做。古时候杀人,犯人去刑场之前,还可以吃餐饱饭,做个胀死鬼,不做饿死鬼。我要是想死,在死之前,肯定也要做死地快活。报纸上讲,然后他们两个人就吃了好多安眠药,然后就死了。"

李朝霞说:"好像他们还留了遗书。"

袁玉说:"那张报纸我也看了,是讲他们留了遗书。"

刘芙蓉说:"遗书是以他们两个人的名义写的,遗书上讲,他们对不起所有的人。第一是对不起他们的伢妹子,伢妹子还细,就没了娘或者爷,造孽。第二是对不起各人的丈夫和婆娘,他们的丈夫和婆娘都是好人,最好的人,只是他们和最好的人生活在一起,总是感到不快活。第三是对不起他们的亲生父母,父母把他们生下来,养大,蛮不容易,他们还没报答就死了,实在是不孝。他们也想离婚,但他们又不想伤害伢妹子,还有其他人。他们还讲，他们对自己的死负全部责任，他们是自作自受。他们是真心相爱。他们相爱又是要不得的。他们觉得活在这个世界上没什么味道，心里总好像被千口针万口针穿过，太痛苦了，他们想解脱。"

袁玉说："要我讲，他们还对不起自己。不管怎么讲，再好的死也比不上再歹的活。"

陈青兰说："他们肯定是让鬼寻了，不然哪里会做出这样的事来！"

刘芙蓉说："遗书上讲，只有他们两个在一起的时候，他们才快活，他们分开了，他们同各人的丈夫婆娘在一起，没得快活。所以依我看，不是鬼寻了他们，是他们动了感情。偷人动什么感情？偷人一动感情，就有离婚打架死人这样麻烦的事。我敢肯定，他们两个在床上做事是最合拍的。"

袁玉说："你又把事情扯得不好听。"

"这不是我要故意把事情讲得不好听，实在是他们遗书中这么讲，我只是按照他们遗书上讲的猜了一下。我猜错了吗？"

李朝霞说："人都死了，这些那些都莫讲了，也莫乱去猜了。我这几夜就做了两个梦，都在梦里看见何明婉。一回是她朝我笑，一回是她朝我哭。醒来都把我吓个半死。"

刘芙蓉说："那你要注意，莫让她把你喊去了。"

袁玉说："你也正经一点，朝霞已经被梦吓个半死，你还这样吓她，硬是要把她吓死你才好过。"

"我的良心没你讲的歹吧，我是同她讲着好耍的。"

袁玉说："前夜我也做梦看见她，她就坐在我们划的那条船上，船上只有她一个人，河里的水好大。她大声喊救命，我就在岸上，想伸出手去救她，不过隔得太远，手太短了，身边又没有长的东西，水流得好急，一下子就把船冲到坝上，一下子就把船冲到坝下。我眼睁睁看着船和船里面的人冲下去。船和人都进了一个好大的漩涡，只一眨眼的工夫，船和人就都不见了。"

刘芙蓉说："你这是做梦，不是真的。真到了那样的时候，你还救得她？只怕你自己也是泥菩萨过河——自身难保。"

袁玉说："你呀，一张乌鸦嘴，总是不讲好话。"

陈青兰说："我也做梦看见过何明婉。我看见的何明婉也是坐在船上，不同的是她向我招手，要我也上船。"

刘芙蓉说："你答应她上船吗？"

"没答应。"

"那就好。要是你答应上她的船，你又真的上了她的船，那就说明你的魂已经走了。现在还好，你没上去，你什么事都没得。"

陈青兰说："这样的梦，这样的事，想起来都怕。"

刘芙蓉说："我就不同，为人不做亏心事，不怕半夜鬼敲门。"

李朝霞说："你只是嘴巴厉害，你自己不舒服，或者你伢妹子不舒服，你不也是动不动就到土地庙里去求神吗？"

刘芙蓉说："我晓得了，你们都做梦看见她，肯定是她死在外面，我们的土地老爷还没把她接回来，她和张自强都成了孤魂野鬼。孤魂野鬼一旦自己不好过，它就要搞得别人也不好过。"

那怎么办？这四个女人商量来商量去，最后决定今夜她们到土地庙去，请求土地老爷把这两个死在外面的人收回来，毕竟他们是大田村的人，叶落归根，人死就归自己那里的土地老爷管。她们四个人肯定都会去土地庙，至于其他同划船的人，大家都通知到，她们想来就来，不想来也不勉强。香烛纸钱这些东西归李朝霞准备，到土地庙求土地老爷的时候，要有人出来讲一通话，这个事情就归刘芙蓉负责。

　　刘芙蓉说："你们都晓得，我是一把大嘴巴，喜欢乱讲话，你们还是另外找人。"

　　其他三个人都说："别人都不合适，你最合适。"

　　刘芙蓉说："求神问卦这样的事，本来都是归男人搞的，我怎么行？"

　　那三个人都说："这样的事，能去求男人吗？要是告诉了男人，他们不晓得会怎么讲呢？我们去通知划船的人的时候，也要她们保密。"

　　刘芙蓉说："不能去求男人，也不能要我去做呀！不能把什么烂帽子都朝我脑壳上戴。"

　　那三个人都说："不是我们要把烂帽子你戴，实在是做这样的事，你最合适。"

　　刘芙蓉还在那里说："那到时候我讲错了话你们就不要怪我。"

　　她们都说："你不会讲错话的，我们相信你。"

　　刘芙蓉说："吴丹丹，怎么这些天也没看到她的影子？"

　　李朝霞说："她到广东打工去了，各人有各人的想法，勉强不得的。"

　　刘芙蓉说："好事成双，怎么如今歹事也成双？"

　　袁玉说："二十四个人划一条船，二十二个人也划得一条船。"

　　李朝霞说："记住，今天夜里8点钟。"

7

　　张灿正为今夜去不去土地庙犯难。

　　她有一个幸福的家庭。她丈夫张贤德在乡政府工作，注意，是工作，不是做事，所谓工作，在农村人看来，那就是国家安排的，吃的是国家粮，端的是铁饭碗，拿的是国家工资，什么都不要愁。他为什么能在乡政府工作？那是因为他有一个好父亲。这个父亲名叫张高勋，在乡政府做事，在他快到退休的时候，他知道上面政策可能有变，即今后不再有顶职这种做法了。于是他干脆提前退休，让张贤德顶他的职，到乡政府工作。果然，一年之后，政府就取消了这个顶职的做法。张高勋为自己的先见之明骄傲不已。张贤德和张灿有一个儿子，活泼可爱。当初他们结婚的时候，双方的父母都不大同意，因为同是东冲人，都姓张，虽然血缘不是很近不违反婚姻法，但地方上的人讲起来总不大好听。张贤德的父亲甚至还希望他能够找一个也是吃国家粮、有正式工作的女子结婚。但是，这样的女子好难找到，而且，张贤德和张灿男大女大，男欢女爱，他们已经有了那回事。张灿样子周正，性格也好，张贤德的父母认为既然生米煮成了熟饭，也就不反对他们的婚事。张灿的父母，虽然不想巴结张高勋这样的人，但女儿已经同张贤德有了那回事，不同他结婚，事情传出去，那就是一桩大丑事，现在他们两个结婚，正是一片荷叶包绣球，皆大欢喜。所以，这两家人也就不在意当地人讲什么"张带张，喝米汤"。这两夫妇带头响应政府计划生育的号召，在儿子五岁的时候，张灿就去做了结扎手术。

她晓得今夜这样的事，怎么讲都可以。反对的人会这么讲，一个奸夫，一个淫妇，双双死在外面，表面看起来是殉情，可这个情是孽情，他们死得好。赞成的也有道理，不管是谁，既然已经死了，不管他们生前做过多少坏事，也不应该再去追究了，那些该千刀万剐的人，最后也只是死。张灿觉得同其他划船的女人相比，自己的身份好像有点不同。不是她认为自己比她们高一等，而是……就比如在计划生育这个方面吧，她们都只是上环，而她做得最彻底，是结扎。上环，今后还想生伢妹子的话，只要把环拿掉就可以。结扎，就意味着你今后再也不能生伢妹子了。

陈青兰同她讲了这件事之后，她在犹豫，一直在犹豫。陈青兰走的时候，对她讲了两个意思：一、今夜8点钟，去不去随你，这个任何人都不霸蛮；二、不管你去不去，你都要保密。

不管去不去都要保密，这张灿做得到。但是，去，她就不一定了。何明婉生前做的事，毕竟是蛮丑的。何明婉已经死了，年纪轻轻就死了，也真是造孽。去也不好，不去也不好。

8

夜里8点钟的时候，土地庙门口放了很多辆单车。庙内，在土地老爷的牌位前，站了二十一个女人。她们是：

西山王家李朝霞、袁玉、柳冰玉、黄欢笑、徐荷花、徐艳姿、陈含英、蒋滟滟、王迎春；山上刘家的刘芙蓉、肖宏、张如嫣、田丽、戴伟平、阳鲜花、付流艳；东冲张家的陈青兰、黎美丽、张金花、徐如意、黄映如。

李朝霞把香烛点燃了，插在土地老爷的面前，让他享受人间的香火。她说："人到得蛮齐，开始吧。"

庙外面有响动。庙里的人都张大耳朵去听。

很快，一个女人走进庙里，是张灿。

刘芙蓉说："到底是同划一条船的人。"

刘芙蓉一个人站在最前面，她后面是西山王家的人，再后面是山上刘家的人，最后是东冲张家的人。张灿站在最后一排的最右边。

李朝霞说："开始吧。"

刘芙蓉一本正经地站在土地老爷的灵龛面前，说："土地大神，今夜我们一共22个女人来求你，来拜你。我们平常就晓得你蛮灵验，都蛮信你，今夜就越发信你。我们是求你一件事。前不久，我们这里死了两个人。一个是张自强，一个是何明婉。他们两个人有情有义，只是他们一个有自己的婆娘，一个有自己的丈夫，他们种下的姻缘不是善姻缘，是恶姻缘。他们害了自己的婆娘丈夫，害了自己的伢妹子，害了自己的家庭，害了自己的亲生父母，最后，他们害了自己。土地大神，明人不讲暗话，他们是在淮阳一家饭店吃安眠药自杀的。张自强是我们大田村人，何明婉以前不是我们这里的人，后来嫁到我们这里来，也就变成了我们这里的人了。他们人都已经死了，以前的是是非非，都一笔勾销。俗话讲，阎王要人三更死，不敢留人到五更。人都有自己的命，他们死在外面，他们在饭店里被阎王从生死簿上把名字勾掉，这是他们的命，怨不得别人。他们也不怨别人，他们只怨自己。他们死在外面，没在屋里打大鼓做丧事，自然没来告庙，你老人家自然不晓得。人归阳世，鬼归阴间。你老人家不收留他们，他们就四处乱跑，成了孤魂野鬼，搞得别人不得安生。土地大神，我们22个人在这里求你，求你收留他们，他们生是大田村的人，死是大田村的鬼。人有自己的家，鬼也该有安身之地。没有谁想做孤魂野鬼，宰相肚里撑得船，你是大神，你的肚子比宰相还大得多，请你大神莫记小人过，把他们在外飘荡的魂魄收回来。另外，他们两个有情有义，在阳间没做得成名正言顺的夫妻。如今他们在阴间，要是还有这个意思，也请你老人家高抬贵手，成全他们。张自强、何明婉，你们两个去了阴间，你们去做你们的情义夫妻，你们好好在阴间过日子。井水不犯河水，我们不到阴间来打扰你们，你们也莫跑到阳世来打扰我们。土地大神，你大神莫记小人过，高抬贵手，原谅那两个新鬼。我带头在这里向你老人家跪拜。"

说完，刘芙蓉虔诚地跪下去，拜了三拜。

从第一排开始，这些女人一个一个依次在土地老爷面前跪下去，拜三拜。

9

第二天，女人们划完船后，又在扯谈。她们都说，没想到刘芙蓉平常讲话嘻嘻哈哈，求起神来却是一套一套的，就像写文章。张灿最后时刻到了土地庙，她心里是希望这个求神仪式快些结束，但听到刘芙蓉那些话之后，她的鼻子酸酸的，心里也是软软的。

刘芙蓉大声笑着，说："求神还是有用，今天划船，大家的劲比前几天要大好多。"

是的，她们的心不再揪得紧紧的，她们的魂回来了，船的魂回来了，河的魂也回来了。

第十三章

吴丹丹去广东划船了

1

江南的梅雨季来了。

六个女人坐在袁玉家里开会商量事情。

李朝霞说："每年这个时候，阴雨天蛮多。这样的天气，我们还划不划船？"

她话音刚落，刘芙蓉就说："船肯定要划。"

袁玉说："朝霞讲的对，每年这个时候，都是阴雨绵绵。雨要落好多天，我们谁都不晓得。芙蓉讲，我们照样要划船，我也是这个意思。"

陈青兰说："要是落雨天不划船，火就会冷下来。我们好不容易搞拢来二十几个人，不能让人看我们的笑话。"

刘芙蓉说："就是，好多人等着看我们的笑话，特别是有些男人。他们讲，我们这是戏台下面开铺——图热闹，他们认为我们都是心血来潮，图个新鲜，搞个三五天，自然散道场。"

徐如意说："我也是这个意思，既然我们已经练了一些天了，要是半途而废，不要讲别人会笑我们，我们也对不住自己。"

戴伟平说："就是，万事开头难，我们已经开了个好头，只能继续搞下去。"

刘芙蓉说："朝霞，这些那些莫多讲了。我认为，除非是一天都打大雷公，落大雨，不然，我们照常划船。当然，要是有人来月经，可以不去划船。就是来月经不去划船，也要同我们几个为头的人——不管是哪一个，讲一声。"

李朝霞说："芙蓉讲得太好了。国有国法，家有家规。我们划船，也要有这样的规矩。那就这样定了。大家回去同自己那里的人通通气,把我们讨论的意思讲清楚。"

2

何明婉和她丈夫出问题没来划船的那些天,吴丹丹也没去划船。她向李朝霞请了假,理由是她正来月经,而且身体反应很强烈。有这个理由已经足够,其他划船的女人并不觉得有什么不好,因为何明婉没来,吴丹丹来了也只能到坝上一个人划,这多没意思。

她经常抱怨,别的女人有伢妹子读小学读初中,或者不要自己搞早饭,只要拿钱把伢妹子,让他们自己去买包子吃就行了,或者有家娘搞早饭,她呢,还要自己在划船之后回去搞早饭把伢妹子吃。同划船的人多数晓得她这是在骗人,他们家的早饭,多半是她丈夫王鹏举搞,但没人戳穿她。而吴丹丹的内心,还有一个想法,这个想法令她难以启齿。

吴丹丹同自己的丈夫发生了一点小小的的矛盾。

"你呀,怎么三天两头朝屋里跑,好像你搭车回来不要买车票。"看到又从淮阳基建工地回家的丈夫,吴丹丹这样抱怨。

丈夫王鹏举只是尴尬地笑笑,并不回话。

"你呀,就是吃不得苦。别人都在基建工地上做事,他们都不像你,一下子又回来,一下子又回来。你这么跑来跑去,把钱都丢在路上,只让开中巴车的赚了钱。"

丈夫还是不回话。

"别人都吃得苦,就你吃不得苦!没办法,我们没得其他赚钱的路,就只能出死力气。你倒是讲话呀,莫只晓得像憨子一样笑。问你话,你屁都不放一个！"

丈夫终于说话了："你在屋里晓得什么？在家千日好，出门时时难。你赚他的钱，他要你的命。你辛辛苦苦，那些包工头还要故意压低你的工价，好多时候，你拼死拼活赚了几个血汗钱，那些大包工头细包工头还要拖着钱不给你，让你吃空累，吃狗累！"

"别人都坚持下来了，你搞什么坚持不下来？"

"别人是别人，我是我。你莫总是拿别人同我比，莫总是讲别人的好，讲我的歹。"

"我们一家人，每天吃穿住行用，都要钱。我在屋里做点家务，绣点花，最多赚个油盐钱。"

"你莫只晓得讲我。既然你只赚得油盐钱，那你还去划什么船！"

"我划船又没耽误我做家务，也没耽误我绣花。"

"赚钱又不是我一个人的事。"

"这样的话，你还好意思讲出口！你是丈夫，你是男人，你是一家之主，钱主要是归你去赚！"

"我不是不想去赚钱，实在出死力气赚不到什么钱。"

"大钱你赚不到，小钱你又不想出力赚不到，那我们这个家怎么搞？"

"要什么紧！天无绝人之路，车到山前必有路。如今这样的社会，有饭吃，饿不死人，有衣穿，冷不死人，要什么紧？"

"有饭吃，饿不死人，那猪也饿不死！"

"猪是吃得饱，不过猪不要穿衣，我总比猪好些。"

"你比猪好些？不是我要形容你十足，你比猪好多少？"

丈夫又不作声了。

"你呀，就是不求上进！我们这个家庭，总要有人出去赚钱，都待在屋里，不是等死吗？今后伢妹子越来越大，开支也越来越大，现在不赚点钱，今后怎么搞？"

"赚钱又不是我一个人的事。"

"我是女人，你是男人。"

"女人男人都是人，时代不同了，男女都一样。"

"你的意思是要我出去赚钱？"

丈夫又不做声了。

"别人都住进了红砖屋，就我们还住着土砖房！"婆娘说。

"哪里？住进红砖屋的是有蛮多人，还住在土砖屋的人也有一些，又不是只我们一家。"

"你呀，得过且过。怕是火烧到了眉毛，你也不会急！"

丈夫又不作声了。老婆讲的没错，他还能讲什么呢？

"你呀，就是不求上进，得过且过。如今不比从前，没钱寸步难行。就比如前不久，我们的崽去乡上的卫生院住院，因为没钱，我们不是多着了好多急吗？"

丈夫觉得自己终于又可以讲话了，他说："崽去住院，我们没钱是事实。我们没钱，住院要钱，后来钱是谁借来的？不是我吗？我什么时候要你出面去借过钱？"

"我承认，钱是你借来的，我又没同你争借钱的功劳。我也承认，钱一直都是你出去借，你没要我抛头露面。这一点，你做得对，做得好。能借到钱，是说明你有本事，只是，我想，随你有好大的本事，借来的钱毕竟是借来的钱，是要还的。要是自己有钱，不要同人借，不是越发好些吗？"

"钱钱钱，你就一开口就是钱！你以为外面的钱那么容易赚！你要别人的钱，别人要你的命！"

"你莫把话讲得这么吓人。同样是出去打工，别人都在外面待得久，只有你一个人不痛不痒，三天两头就要回来，你在外面赚的那一点儿钱，都送了把开中巴车的。"

丈夫又不讲话了。真话其实来到了嘴里，但他还是忍住没说。

"你呀，就是不想做事！"吴丹丹继续埋怨。

丈夫说："我不想做事？就算我到淮阳工地做事不算做事，我在家里也没偷懒！田里的工夫我也做了吧，土里的工夫我也做了吧，好多时候，一日三餐，我也搞了吧。"

"你做这些事的时候，我在做什么？我在偷懒吗？田里的工夫，我不是同你一起做的吗？土里的工夫，我不是同你一起做的吗？你到淮阳工地上做事的时候，家里哪件事情不要我动手？你搞一日三餐的时候，我在做什么？我在绣花！我讲了多少回了，我不希望你搞一日三餐，我希望你能搞一些赚钱的事！"

丈夫又没话可讲了。

婆娘丈夫就为这事闹不愉快。

吴丹丹不晓得，其实丈夫经常从淮阳跑回来，表面上的原因是他吃不得苦，怕累，但还有一个打死他也不会讲的原因：他多么害怕自己不在家的日子一长，他的婆娘就会偷野老公。

王鹏举是个胸无大志的人，他不想做什么英雄，他只想做一个男人，只要有饭吃，有衣穿，就要得了。他经常挂在嘴边的一句话是：穿皮鞋是过日子，穿草鞋也是过日子，打赤脚也是过日子。

3

吴丹丹对王鹏举说："今夜你带人，我出去。"

王鹏举说："你出去做什么？"

"你莫在乎我做什么！"

"你是我婆娘，我是你丈夫，我当然要在乎你去做什么。"

"你只晓得嘿嘿笑。俗话讲，伸手不打笑面人，我不打你，我也打你不赢。我今夜出去，不能总是我带伢妹子，你夜夜在外面打牌逍遥快活！"

"带人又不是蛮难的事。"

"我又没讲带人是蛮难的事，我从来没称过功劳。带人既然不是蛮难的事，你也带了试一试。"

"我们男人带人，总是没你们女人好。"

"这个时候，你不讲时代不同了，男女都一样！带人是我们女人的事，出外赚钱是谁的事？"

她一句话呛得他没话回。

过了好一阵，他才说："我晓得你对我有意见，好好好，我明日就去淮阳工地上做事。"

"你去不去淮阳工地上做事，关我屁事！你反正去淮阳做事也是三天打鱼，两天晒网！大家都窝在家里，过一过平淡的日子也好。这样的日子，要死不得死，要活不得活！你打得麻将，我也打得！"

"我又没讲你打不得麻将。只是……"

"只是什么？"

"只是这两天，你打麻将，输了二三十块钱。"

"我输了二三十块钱！你输得还少吗？你最近输了多少？"

"我打了几场麻将，只输了不到十块钱。"

"你只输了不到十块钱！我输了二三十块钱！所以你就有资格笑我？我自从嫁给你之后，起早摸黑做事，同你生儿育女，家里的事我做，田里土里的事我也做，我什么时候偷过懒？我打过几回麻将？我哪里像你，只要不去淮阳做事，只要不去田里做事，就守在麻将桌边。你讲讲你自己，你赢过几回钱？"

吴丹丹说着说着哭起来了。王鹏举首先还以为她是假哭，后来发现不是假哭，是真哭，不但有哭声，还流了眼泪，而且那个眼泪一开始流，就不断线。他慌了手脚，不晓得怎么让老婆不哭，于是他就笑了，是那种憨笑。

"笑！你就只晓得笑！"吴丹丹一边哭一边骂。

王鹏举还是只晓得憨笑。

吴丹丹走上去，抽了他一个耳光！

"你！"他捂着脸，惊讶地看着她。

"我什么我！"她又抽了他一下。

他挨第一下的时候，虽然觉得老婆下手重，但还是以为她在开玩笑。现在结结实实受了第二下，他晓得她是来真的。在他的记忆中，不要说老婆，就是娘爷，也没打过他。老婆今天发神经！竟然打他！真是翻了天！他心中的火也一下子烧起来了，他也顺手打了老婆。

这一来就不得了了，老婆哭得更伤心了，把在厅屋里玩耍的孩子都哭到客厅这边来了。

女儿比儿子大一些，也稍微懂事一点儿，她问妈妈怎么哭了。吴丹丹气愤地指着丈夫，说："好，好，好，你打人！你打人没轻没重！"

王鹏举结结巴巴地说："我打人没轻没重？你打人就有轻有重了？"

吴丹丹说："我那是打你吗？"

"你那不是打我，那你是在做什么？"

"我那是同你搞着好耍的。"

"哪有你那样搞着好耍的！你抽得我晕头晕脑！"

"我抽得你晕头晕脑？我一个女人，有几斤力？你一打起人来，就恨不得把人打死！"

看到他们吵成这样，女儿和儿子都哭起来。

吴丹丹气自己的男人竟然动手打人，哭着说："这个家，我不管了！"

说完，她冲到厅屋里，推上单车就朝外面走。

王鹏举正在气头上，他也不会去拖住她不让她走。她能走到哪里去呢？也就是到后家去，过几天就会回来。

4

吴丹丹回到后家，同自己的娘诉苦，讲丈夫打了她，自己其实做得蛮好，只是这个丈夫不争气。当然，自己打丈夫的事，她是不会讲给娘听的。

她母亲听后，深信不疑，讲女婿是做得不对，不管怎么样，打人总是不该，更何况吴丹丹还是为了一个家好。娘问女，她想怎么做。

吴丹丹委屈地说："我不回去了。"

娘说："你不回去了？你还是要回去的，只是在这里住几夜，要那个家伙来接。那个家伙要是不来接，你就莫回去！只是你不回去，家中的伢妹子受罪。"

吴丹丹说："家中的伢妹子受罪，我也晓得，我也心痛，不过，长痛不如短痛。那个家伙，我这回就是要逼一下他。"

娘说："你们吵架的事，要不要讲了把你爷老子和你三个兄弟听。"

吴丹丹说："暂时莫同他们讲，要是今后事情烂得不好收拾了，再同他们讲不迟。"

娘说："也好。"

当夜，吴丹丹就住在后家。她其实一夜没睡着。她躺在床上，在想象中，她前前后后跟好多人讲话。

她同丈夫是这样讲话的——

她讲："我想去广东打工。"

丈夫讲："你去广东打什么工？"

"不管打什么工，也比待在家里等死好！"

"在家日日好，出外时时难。再讲，你去广东，你能做什么事？"

"我们这里不是也有人去广东打工吗？不是有人进了那边的电子厂做事吗？他们不是赚回来了钱吗？他们有一双手，我也有一双手。他们赚得到钱，我也赚得到。"

"蛮多女人去广东打工，她们不是去打正经的工。"

"那她们去做什么事？"

"开痞子房。"

"你呀，讲得好难听。你也只是道听途说，你自己也没见过。"

"为什么要自己亲眼见过？想都想得到。她们去广东，舍不得吃苦，只想轻松赚大钱，她们又没有大本事，就只好到发廊做事，其实就是开痞子房，要是让派出所捉到了，就请她们该死！"

"我去广东，清清白白做人，认认真真做事。"

"我反正不准你去广东打工。"

她把自己的丈夫赶走，她不想再同他讲话。

她同自己的娘是这样讲话的——

她讲："妈，我想去广东打工。"

妈讲："你想去广东打工？你同你丈夫讲了没有？"

"我同他讲了。"

"他同意吗？"

"他一开始不同意，我同他讲了好久，后来他讲，我硬是要去，他随我。"

"这里就我们两娘女，我就没什么话瞒着藏着，女人去广东打工，名声不好听。"

"身正不怕影子歪。嘴巴生在别人身上，我管不着，我也不想管。"

"别人讲起来，毕竟话难听。"

"这个耳朵进，那个耳朵出！把别人的话当耳边风就是。"

"能这么轻松就好了。"

娘也不站在自己一边，她把自己的娘赶走，她不想同娘多讲什么。

她同划船的同伴是这样讲话的——

"我想去广东打工。"她讲。

有人讲："去广东打工，钱是有赚，只是名声不好听。"

吴丹丹不回话，她只想听她们怎么讲。

大伙儿你一言我一语地发表着自己的言论："去广东打工？好听吗？"

"去广东打工？在家里又不是没饭吃，没衣穿。"

"一个女人，又没什么本事，去广东打工？打什么工？"

"一个女人，去广东打工？打什么工？大家都晓得！公开的秘密！"

"一个女人，去广东打工？她丈夫也准她去？她丈夫是怎么想的？想赚钱想发财都想疯了吧！"

人一多，七把嘴八把嘴，讲什么的都有。也有不声不响不讲的，她们虽然没把心里的意思讲出来，但她们是怎么想的，大家都心知肚明。就连一向被认为胆子比天还大的刘芙蓉，也讲："去广东打工？不是去不得，只是讲起来真的不好听。"

在想象中，吴丹丹把这些人也都赶走了。她要同自己讲一讲话了。她同自己是这样讲话的——

你没有大本事，你去广东打什么工呢？

你去广东打工，你就舍得你的崽女吗？他们都是你亲生的！

广东那个地方，你从来没去过，要是你去了一个钱都没赚到怎么办？

广东的钱真的那么好赚吗？

别人有一双手，你也有。你有一个脑壳，别人也只有一个脑壳。别人不蠢，你也不蠢。别人赚得到钱，你就赚不到吗？

你不去广东打工，丈夫去淮阳打工就同搞着好要一样，一个家庭，几张嘴巴，每天都要开支，今后，伢妹子越来越大，开支越来越大，没钱，真的让他们喝西北风吗？什么都可以有，就是病不能有。什么都可以没有，就是钱不能没有。

我想赚钱有错吗？谁不想赚钱呢？别人的嘴巴生在别人的鼻子下，他们怎么讲那是他们的自由，我怎么管得着呢？既然管不着，那为什么还要去管呢？

白天看着只晓得憨笑的丈夫，你的手终于伸出去了。你抽了他！万事开头难，这一步是最难迈出去的。这一步迈出去了，第二步就不难迈了。你又抽了他！他发火了。他当然会发火。你想到了他会发火，也想到了他会还手。他打了你，你就哭。你一哭，你就有机会回后家了。你回后家了，你要去广东就变得容易了。

翻来想，覆去想，翻来覆去又想。想了好多夜没想通的事，这一夜到底让吴丹丹想通了。

5

王鹏举认为自己有理，他不想认错，他没错，错在老婆。要是老婆不先动手打他，他绝对不会打她。老婆先动手了，而且是抽了他两下，他实在是忍无可忍。既然没错可认，所以他也就不能主动上岳父岳母的家门去接老婆回来。自己一去，那就说明自己错了，老婆没错，至少说明，自己比老婆错得厉害。

这么想着，他第二天就没去岳父岳母家，第三天也没去，第四天也没去。自己的老婆总是自己的，跑不到哪里去。她能跑到哪里去呢？也就是到后家去，过几天就会回来。她现在是在气头上，等她的气一消，她自己就会回来。

但是吴丹丹，在去后家的第二天，就同自己的娘借了钱（她讲自己要回去还别人的钱），跟几个女人，坐中巴车去了长沙，然后坐火车去了广东。

6

何明婉没来划船了。

划船的人女人们感觉到少了一个人。

吴丹丹也没来划船了。

划船的人女人们又感觉到少了一个人。

何明婉去了哪里？大家都晓得，所以没人问。

吴丹丹去了哪里？有人不晓得，于是她们就问。

刘芙蓉说："她呀，到广东划她的船去了。"

第十四章

半路杀出程咬金

1

王新国的右眼皮跳了几下。莫非要出事？如果硬要出事，就一定与那辆摩托有关。婆娘黄欢笑在房前的井边洗衣。

好像来汽车了，汽车好像就停在这里。王新国站起来，打算出去看看。

"王新国在家吗？"有人这么问。

"在。"黄欢笑的回答有些慌张。

王新国出门一看，停在他家门口的有两辆车。从车上下来了一群人。他心里一沉，大事不好。沈节约、黄国军带路，后面跟着七八个人，这七八个人穿着制服。来者不善，善者不来。黄国军把这些人都搬来了，看来今天……王新国上去和他们打招呼，脸上笑着。"屋里坐，屋里坐。"他说。

这么多人，坐在客房显然嫌挤，王新国把客人引进厅屋。厅屋里有几把椅子，但不够，他忙到客房里去搬。

浩浩荡荡一大队人马开来，除了黄国军和沈节约之外，其余都是执法人员，王新国真是做梦也没想到，他想自己这回怕是顶不住，要输。

黄欢笑衣服也没洗了，赶紧走进屋来和丈夫一起招呼这些客人。客人坐下，王新国一边发烟一边和他们说客套话。黄欢笑泡茶给客人，一轮茶泡下来，两个热水瓶就快光了。她知道丈夫和这些客人要谈正事，她也晓得他们多半要谈什么事，于是她从房里走出来。

走到外面井边的黄欢笑并没有洗衣服。她晓得大事不好，今天她和丈夫只怕要吃大亏。虽然他们来了那么多人，但自己也不能坐着等死，于是她就到别人家去，希望搬到救兵。

2

客套话讲得不少了，茶也喝了，该谈正事了。

派出所张所长说，今天我们是来解决问题的，我们在解决问题之前，当然要你们当事人当着我们这么多人的面讲清事实，我们不能只听一面之词，最后，我们一定会秉公执法。

首先讲的是黄国军。"那天我病了，沈节约来租我的摩托。我自己不能骑，就把钥匙给了他。没想到他把我的摩托抵押给了王新国。"

黄国军略去了很多内容。沈节约臭名声在外，是个赌棍，是个痞子，他非常清楚这一点。沈节约要来包他的摩托的时候，他犹豫再三，和痞子打交道，他放心不下。但沈节约开价五十。包一天摩托黄国军可以得到五十块钱，他不禁怦然心动。摩托送客的生意越来越不好做，派出所上路检查，他和绝大多数车主一样，什么手续也没办。有人主动上门来包我的摩托，我何乐而不为？别人怕你沈节约痞，我黄国军不怕！沈节约包黄国军的摩托是为了"赶场子"，去赌博。沈节约很讲信用，不管输赢，他包一天摩托就给黄国军五十块钱。正当黄国军暗喜自己找到的一条好路的时候，就出了事。如果要等沈节约还了一千块钱才能取回摩托，那这部摩托多半成了他王新国的，沈节约拿什么还？拿命还吗？摩托放在别人家里，别人未必就不骑，一骑起来就会往死里骑。前天黄国军来找过王新国，但空手而归。昨天他在饭店喊了两桌饭，请派出所和联防队的同志出面为他主持公道。张所长一口答应。

张所长微微点头，黄国军的话语他早已了然于心。"沈节约，你说说情况。"张所长说。

3

黄欢笑都快急死了!

她在附近跑了一圈,还是没找到一个能帮他们的人!

有些人说:"这个事情,我们不在头不在尾,不好出面讲话。"

她晓得他们是怕。

有些人说:"派出所和综治办都来人了,来了那么多人,你们也不要怕他们,毕竟这里是我们的地方,我们也相信,他们会一碗水端平。"

她晓得他们也是怕。

她很失望,很着急,心里怪左邻右舍见死不救。但转念一想,谁不怕呢?自己不是也怕得要死吗?丈夫呢,他会怕吗?不管怕不怕,怕都解决不了问题。既然没人帮我们,那我还是回家,看能不能帮到丈夫一点点。

虽然晓得自己进去了也帮不到丈夫,但黄欢笑还是从自家大门走进去。包括她丈夫在内的这些男人,围坐成一个不规则的圈。她坐在圈之外,坐在角落里,大气都不敢出。

4

沈节约说:"前些天,我娘老子病了。我自己没钱,没办法,只好向别人借。我向王新国借了一千块钱,他说月息两分。我当时只要借得到钱,就是月息五分我也会同意。王新国不放心,要我把正骑着的摩托做抵押他才肯借钱给我。我一时昏了头,就把黄国军的摩托抵押给了他。"

张所长面色严峻、凝重。

王新国气愤地想，他们串通一气想害我，我怎么办？黄欢笑给每人泡了一碗茶之后就去了隔壁房间，她好着急，她晓得自己帮不上丈夫什么忙。她出去了，她还是希望到外面找人帮他们。

王新国说："张所长，沈节约说我趁火打劫，他乱说！事情不是他说的那样。他娘老子神神气气，病了什么？他那天来向我借钱是为了去赌场翻本。他在文华村输了个精光。"

王新国停了一下。沈节约面色很不自然。王新国继续说："当时他要我借给他两千块钱。说句老实话，我对他不放心。我为什么对他不放心？因为他名声不好，不是一般的不好，是蛮不好，名声臭。有一回他在我们这里收了一车猪，他说一个星期内有钱，结果是到如今这一车猪好几万块钱他一分钱也没给卖猪的。他这样的人，谁还会信他？"

张所长说："我们只就事论事，莫扯远了。"

"张所长，不是我硬要扯远。事情都有个来龙去脉，不讲出来事情就讲不清楚。"王新国喝了一大口茶，也许是太紧张，他没说多少话就感到喉干舌燥。张所长有点不高兴：这个王新国，竟然敢不软不硬地顶撞我。

王新国说；"沈节约臭名声出去了，生意也做不成了。他就赌。运气不好，输多赢少。他向很多人借了钱，差不多都是老虎借猪。这么一来，别人都怕和他打交道。那天他要我借给他两千块钱，他是骑着摩托来的。他娘老子没病，他在文华村只差没把人输掉。我不肯。他求我，要我无论如何借钱给他，两千没有，一千也好，月息两分也是他自己提出来的。我还是不肯。他这样的人，能信他吗？他急了，对我讲，要是我不放心，他可以用摩托作抵押。我这才放心，我手里握了东西，你再痞我也不怕，我就借给他一千块钱。不是我自吹，我是个做事稳当的人，我要他写了个借据。我还是不蛮放心，我问他摩托是不是他自己的。他说是的，他是在赌场上赢了一个姓黄的后生的。"

这一席话，前面说的都是事实，只有最后两句是王新国急中生智捏造出来的。

沈节约早已冷汗淋漓。黄国军想不到对方会来这一着，一时不知说什么好。

王新国说："这是沈节约立的借据，请所长看一看。"

这个王新国，说得也太多了，根本就不把人放在眼里，我要杀杀他的威风！张所长接过借据，看了一下，淡淡地点了一下头，然后把它还给了王新国。他说："据我们调查，沈节约借你一千块钱是实，沈节约借了黄国军的摩托也属实。"张所长顿了顿，眼光扫了扫在座各位。"事情已经比较清楚了。这样解决，你们看要不要得？摩托是黄国军的，理所当然要还给他，沈节约只是暂时借用，无权支配，无权抵押。事情又涉及沈节约借王新国一千块钱，这事这样了结，沈节约重新出具借条，一千块钱限在一个月之内还清，原先那张借据当众撕毁。你们看怎么样？"

黄国军和沈节约怎么会反对呢？

王新国怎么会同意呢？他想：手里没有了摩托，也就等于那一千块钱没有了，在关键问题上，我不能让步。王新国说："息钱我不要，他们前天来的时候，我就是这个态度。所长这样解决也还过得去，看起来合情合理合法。如今的问题是，一个月之内，沈节约能不能还我一千块钱？沈节约，你讲一句，你有把握吗？"

沈节约支吾了一阵，却讲不出一句清楚的话来。

"他到时候没钱还，难道真的要他把命还？"

张所长没想到王新国的话如此咄咄逼人，他心里很不舒服。他向沈节约说："一千块钱，你必须在一个月之内如数还给他。否则，我抓你去坐班房。"

"要得。"沈节约的回答是含混不清的。

张所长对王新国说："这一下你该放心了吧。"

王新国说："所长，我这心还是放不下。话讲起来容易，钱问起来就难。站着放账，跪着讨钱，这样的事谁也不想做。张所长，你看这样好不好？摩托你们骑走，一千块钱我也不问沈节约要，你们吃累帮忙问到手。一个月之后的今天，我到派出所来拿。只要能问到手，我给你们一百块钱劳务费，当然只是意思意思。"

"不行！"张所长的回答非常干脆，"借你钱的是沈节约，不是我们。我们督促他还倒是可以。刚才他不是答应及时还钱吗？""一个月之内他还没还你钱，我抓他到派出所去！"张所长不耐烦地又补充了一句。

王新国说："既然所长这样解决，我同意。请所长把刚才说的写个字条落个名字，日后我好有个依据。"

"我说话算数！"张所长站起来，大手一挥，更加不耐烦。

"我们所长这样说了，一定算数！你还有什么不放心的？"所长的手下纷纷站起来，异口同声地这样说。

事情该结束了，所长说话算数，他们准备走。

王新国心有不甘，但事已至此，无可奈何。

5

就在这时，进来了一个五十多岁的农民。

"王新国，有什么喜事呀？来了这么多贵客。"五十多岁的农民说话声音洪亮。他，脸色酱黑，上身没穿衣服，下身是一条短裤，肩膀宽，皮肤就是一块腊肉皮，矮，但壮实，给人以沉甸甸的石头般的感觉，他是个百分之百的农民。

"王主任，没什么喜事，倒是有一件麻烦事。"王新国苦笑着说。

张所长重又坐下。他的手下也跟着坐下。

黄欢笑赶紧起身去给王主任泡茶。她问其他客人还要茶吗，他们都说不要了。

王主任坐下，当然是坐在这个不规则的圈子上。圈子显得紧密了一点儿。

王主任起身接过黄欢笑端来的茶，慢悠悠坐下。

黄欢笑仍然坐在圈子外，坐在角落里。虽然来了个王主任，但她没抱一点希望。这个主任，只是最小的主任，一点权力都没有，帮不到他们什么。

"这些贵客是——"王主任又问王新国。

王新国一一指着客人说："这位是派出所张所长，这几位是派出所和综治办的领导．这位是黄国军。他，你大概认得——"

"我是认得，沈节约。"

"王主任，请坐。"

王主任在王新国旁边坐下。

张所长考虑自己是不是该站起来，主动和王主任打招呼。但他实在看不出他是个如何了不起的王主任。为稳妥起见，张所长转过头去问王新国："王主任是——"

"王怀德，我叫他怀德叔，我们村的治保主任。"

哦，原来如此，"我们正在解决问题。"张所长冷淡而傲慢地说。言下之意是他们正在执行公务，与你王主任无关，请无关人员走开，免得妨碍他们执行公务。

王怀德以前做过大队书记、村主任，和县长握过手，见过一些世面，如今是村治保主任。今天这事他知道得很清楚，他来这里只是想看看，别无他意。但现在被张所长当众抢白、侮辱，他心中不平：你们的官确实比我大，但县长都和我握过手，你一个派出所所长，算老几？这么小看人！

王主任不知好歹，稳稳地坐在椅子上，没有半点要离开的意思。他对王新国说："是什么麻烦事？说给我听听。"

王新国把事情简单地说了一遍。

"派出所和综治办的领导来了不少，他们会公正处理这事。"看到张所长傲慢的样子，王主任接着往下说，"只是，你们到敝村来解决问题，也先该通知我们一声。"

"我们为什么要通知你们？"张所长说话的时候根本没看王主任。

"所长，我们提摩托去！"张所长的手下说。

王主任说："慢着，今天你们不能提走摩托。"

"你和这事没关系！"张所长说。

"王新国是这个村的人，我是这个村的治保主任，我和这事就是有关系！今天就是王新国肯让你们提走摩托，我也不肯。"

张所长的手下摩拳擦掌，他们想上去和这位不知天高地厚的村治保主任理论理论。张所长用手势制止了他们：别急，今天他要是蛮不讲理，我让他吃不了兜着走！"我们在执行公务，你凭什么妨碍我们执行公务？"

"这事发生在我们村，我这个村治保主任有权过问。我是乡人大代表，我有权监督你们执行公务，这种权力是人民给我的。"

张所长心下冷笑：这个家伙，把聋子的耳朵、瞎子的眼睛当作宝贝。"这么说，你要强行阻止我们执行公务？"

"我有充足的理由。"

"有什么充足的理由？请说。"张所长步步紧逼。

"你们说，今天这起纠纷的实质是什么？"王主任问大家。

没人回答。王主任不需要别人回答，他的目的只在引起大家的注意，把问题往自己的思路上引。

"是一千块钱吗？不是。是摩托吗？也不是。"王主任自问自答，他说话非常干脆。"沈节约为什么要把别人的摩托押在这里，因为他急着要钱。他要钱干什么？去赌博，想把输掉的钱赢回来。所以，问题的实质是赌博。"王主任开始说话时还有所顾忌，到现在他有些忘乎所以了。

没人对王主任的看法表示异议。沈节约心里暗暗叫苦。这位王主任，今天豁出去了。说到底，反正是农民一个，减薪、撤职、坐牢都轮不到他，用得着太害怕吗？

"为什么沈节约一赌再赌？因为如今多数人都赌。为什么赌博成风？因为如今打击不力。谁对赌博歪风打击不力？执法机关。别的地方我不说，具体到我们乡，就是你们，对赌博歪风打击不力！"

"莫强词夺理！"

"你这是血口喷人！"

"你这是无中生有！"

张所长用一个眼神制止了自己手下人的蠢蠢欲动。

"我一个农民，怎么敢强词夺理，怎么敢血口喷人，怎么敢无中生有？我讲的都是事实，都有根据。如今，从中央到地方，电视上、收音机里，都大讲特讲严打。"王主任歇了一口气，他借此控制一下自己的情绪，他知道自己不能太激动。

张所长心里冷笑：看你这个半路杀出来的程咬金，砍怎样的三板斧？砍来砍去，砍到鲁班门前来了。

王主任接着说:"我们乡也搞了严打,不过太不像话。"

这个村治保主任,越来越肆无忌惮了,今天要是你没百分之两百的理,莫怪我手下不留情!

"前不久,在乡政府开严打大会,抓了几个赌博的人上台亮相。我也去看了,但心里蛮不是滋味。为什么?因为我看到在台上、台边维护秩序的工作人员中,有湘猴子、花子、秋好色。你们想必比我还清楚,他们三个是我们乡的赌王,一直赌博。他们一不种一分田,二不作半厘土,三不做生意,他们靠什么过日子?靠赌博。他们早就在你们那里备了案,早就是几进宫了。当时台下好多人议论纷纷:这三个赌王怎么摇身一变成了工作人员?他们就是在严打的时候也照样赌,他们胸前应该挂牌子了,只怕是他们拿钱买通了派出所和综治办的人。当然这只是怀疑,没有根据。说句老实话,我也怀疑。也怪不得人要怀疑!不久,拉着坏分子去游街。谁的车给你们开道?是湘猴子新买来的吉普车,接着是花子和秋好色两个人的进口摩托。好威风!好神气!你们还严什么打呀?一路上,人们都这样讲:派出所和综治办怎么搞的?尽抓些蛤蟆老鼠之类的小赌,放着大赌不抓还在其次,让人搞不懂、又让人好笑的是,大赌竟然成了临时的、维护秩序的执法人员。这是什么严打?这是在包庇、纵容、唆使赌博!正因为你们这么做,所以,就是在全国上下都在搞声势浩大的严打的时候,我们乡的赌风不但没被刹住,反而更加厉害。今天,就出了这事。这事看来好像是偶然发生的,其实它必然发生。这事你们有没有责任?当然有!你们的责任推也推不掉!所以我讲,今天要是乡政府其他部门的人来提摩托,二话也没得说,我也不会说半个不字。但你们来提,不行!就是王新国肯我也不肯!"

张所长的脸红一块、白一块、黄一块、青一块、紫一块,就像是一张京剧脸谱。他和他的手下都哑口无言。

"走！"张所长气急败坏地说。他自己率先站起来，率先走出房门。

他的手下跟在他屁股后面，一个个都成了哑巴。

6

王新国和黄欢笑夫妇对王怀德千恩万谢。

王怀德说："谢什么！都是邻舍，我只是出来讲了几句公道话。我最看不惯他们那个样子！"

他们留他吃中饭。

他说："吃什么中饭！还早，我要打麻将去了，我今天运气应该会好，会赚两个小钱。"

说完，不管他们怎么强留，他还是走了。

7

咚咚的鼓声停了，划船的女人在扯谈。

袁玉说："青兰，你的女儿今年考高中吧？"

"嗯。"

"考得怎么样？"

"我不晓得她怎么样，据她自己讲，还好，也就是自我感觉良好，是不是真好还不晓得。考试刚结束，结果还要等蛮多天才晓得。"

刘芙蓉说："你那个女儿蛮听话，成绩也蛮好，是准备考中专吧。"

"如今哪里晓得考什么学校，当然能够考取中专就最好，毕业出来有工作，不读高中，为屋里省得蛮多钱。我同她爷老子的意思都是考了哪里读哪里。"

刘芙蓉说："你那个崽子好像没得女儿那么自觉。"

"他要是自觉，不会比他姐姐差。老师讲他，就是懒，不认真，调皮。"

徐荷花说："他还小，没到时候，到了时候，懂事了，就好了。"

"希望是这样就好。"

田丽说："欢笑，你们家那辆摩托，那个叫什么的大痞子搞走了吗？"

"那个大痞子是沈节约，他前天把摩托搞走了。"

付流艳说："他把钱还了你们？"

"老老实实把一千块钱还了我们，我们也没要他的息钱。这个事情，还要多谢怀德叔。那天政府和派出所来了那么多人，我怕得要死。要不是怀德叔，那辆摩托就被他们搞走了。我们手里没握刀把，要沈节约那个大痞子还钱，你一世莫想！这回，全靠怀德叔，要是他不到场，我们这一千块钱就真的会扔进水里，问不回来了。"

又扯了一会，大家就散了。

在她们闲谈的过程中，张金花自始至终没说话。她跟陈青兰的女儿年龄一样大，只是她成绩不好，去读了农校，又出了事，农校的毕业证都没拿到一张。没有人关心她，没有人议论她，没有人在乎她。她心里觉得一点味道都没有。没有人关心她怎么想，没有人在乎她的感觉。不过，话又说回来。如果有人关心她，有人在乎她，把她和陈青兰的女儿放在一起来说，那就更不好了。她会无地自容，她会不知道说什么好。所以，现在这样，没有人关心，没有人议论，没有人在乎，也不是什么太坏的事情。

第十五章

袁玉的小船
穿行在惊涛骇浪中

1

就在这一天吃过夜饭后，袁玉碰到了一件烦心事。

袁玉看见崽的面上青了一块，忙问是怎么回事。

"摔了。"

"怎么摔的？是不是自己摔的？"

"不是自己摔的。"

"那是谁搞的？"

"是刘成章搞的。"

"到底是怎么一回事，你同我详详细细讲出来。"

"今天下午上第五节课之前，刘成章同他班上的一个同学打要架，他们从他们初三的三楼赶到我们初一的一楼。我没注意，被他撞上了，我就摔了。"

"痛不痛？"

崽不作声。

袁玉也觉得自己问得多余。看那样子，能不痛吗？

"你告诉你们班主任了吗？"

"没告诉。"

"你怎么不告诉？"

"他又不是故意的。"

"不是故意的他也应该负责，你也没告诉他们班主任吧。"

崽点了点头。

"你呀，就是胆子小，怕得像只鸽子。那个刘成章没——没威胁你吧。"

崽不作声。

"他一个调皮鬼，我就晓得他肯定威胁了你。他是怎么威胁你的？"

"他当时问我，他是不是故意撞我的。我讲不是。他对在场的人讲，你们都听到了，我不是故意撞他的。他又讲，你不会告诉老师吧。这个时候，上课铃响了。他就跑上了三楼，我就进教室上课。"

"你上课的时候，老师也没看见你脸上青了这么一大块？"

"应该没看见。"

"你坐在最边上一组，又是伤了这边，老师不注意，是不会看见。你呀，就是胆子太小，没一点用！"

吃过夜饭，袁玉就带着崽去兴师问罪。

刘成章是个调皮佬，远近的人都晓得。他母亲好多年前死了，他父亲没有再讨婆娘，不是他父亲不想讨，是没有钱，脾气又比张飞还暴躁，讨不到婆娘。这两三年，刘成章的父亲到外面打工，有人讲他赚了一些钱，也有人讲他根本没赚什么钱，他把赚的钱都花到外面一个女人身上去了。那个女人不想同他结婚，但他还做着梦，梦想有朝一日他能和她结婚。父亲出门在外，这个刘成章就跟着阿公阿婆过，他本来就调皮，父亲不在身边，阿公阿婆一点都管不住他，所以他就成了孙猴子，什么大闹天宫的事情都做得出来。老师去他家里几次了，但一点用也没有。有老师说，干脆把他开除算了。刘成章对老师说："你们不开除我，我到学校来，你们开除我，我还是要到学校来。我爷老子讲了，我就是混，也要混完初中，也要混个初中毕业证。"他很快就要初中毕业了，老师也不想过分难为他。他们想，快了，这个瘟神就要被送走了。

刘成章家很近，袁玉带着崽很快就到了。

刘成章正要出门。袁玉说："你莫出去，我找你有点事。"

"什么事？"他一副无所谓的样子。

"你进来再讲。"

袁玉和刘成章的阿公阿婆打招呼。

她要崽把发生的事情又讲了一遍。

"成伢子，你硬是越来越不像话了！"刘成章的阿公说，"你以为你爷老子不在屋里，你就可以乱来，你就没人管。"

那个阿婆接过话："你爷老子好像这几天就要回来，到时候看我们不告诉他，看他不打死你！"

袁玉说："你们莫会错了我的意，我来是要你们晓得是怎么一回事。本来，他不是故意要撞人，你不是故意的，撞了人，也该讲句对不起。他就好，不但不讲对不起，还看见我的崽胆子小，就威胁他。"

阿公说："成伢子，你也读初中三年级了，比我和你爷老子书都读得多些，你的书也不是从屁眼里读进去的，你现在讲，你自己错在哪里。"

"我晓得自己错了，对不起。"

袁玉没想到刘成章这个调皮鬼这么快就认了错，于是她说："认了错就好，我来也不是要追究什么责任，只是今后，你绝不能因为这件事或其他的事来为难我的崽，我也相信你不会这么做。"

更让袁玉没想到的是，第二天，她的崽骑单车走了半个多钟头之后，刘成章骑单车到了她家门口，还停了下来。他走进屋，喊了一声"玉婶"，并再次讲对不起。袁玉说："晓得错了就要得，时候不早了，快读书去吧。"刘成章不好意思地笑了一下。就在他快上单车的时候，她说："成伢子，我想讲句不大好听的话。"

"玉婶，有什么话你只管讲，我面皮厚，不要紧。"

"你头发这么长，蓄得同一个贼一样。把头发剃了好多了。"

他没说好也没说不好，骑上单车走了。

这个刘成章，看样子也不像人讲的那样没得药吃。袁玉想。

第三天，刘成章从袁玉家门口过。他喊了一声"玉婶"。袁玉应了一声，并随口回了一句："读书去吧。"

她看到刘成章的头发短多了，看来，他有时候是个听话的伢子。

2

袁玉身上正来月经，心里烦躁，加上天气热，夜里不注意，不知不觉就病了。崽去读书的时候，问她要不要紧。她说："你去张医生那里同我买白加黑。"

崽刚出门，就碰上了刘成章。

刘成章问："王思宇，你今天怎么去得晏些？"

"我妈不好过，她起来晏了，我也起来晏了。"

"那你今天不要迟到？"

"迟到了不要紧，我同班主任讲是我妈病了，他就不会批评我。"

到了张医生的诊所，王思宇要进去买药，刘成章说："你去学校吧，你把钱我，我同你买了药送了把你妈。我保证送到。"

"不好吧。"

"什么好不好的？我保证送到，一送到我就去学校。我经常迟到，多迟到一回反正不要紧。你还没迟到过，今天突然迟到就不好。"

王思宇把了钱刘成章就骑单车走了。

当看到给自己递药的人是刘成章时，袁玉有些意外。

"是我要思宇早一点去学校的，他要是不抓紧就会迟到。"刘成章这样解释。

"你不怕迟到吗？"

"我反正迟到惯了，也不在乎多一回少一回。"

刘成章给袁玉倒好温开水送到她床头。他看着袁玉吃药，说："玉婶，不晓得怎么搞的，看到你，我就想到了我妈。"

"你妈死了好几年了。"

"死了六年，我十岁那年她死了。"

"没爷不好，没娘越发不好。好了，我药也吃了，你可以去读书了。"

"我还想多同你讲几句话。"

"你爸爸在外面打工，赚了蛮多钱吧。"

"赚什么鬼钱？一年到头，看不到他的人，也看不到他的钱。"

"他没了你妈，日子过得也不好。"

"这个当然。有时候我恨我爸，他看到我调皮只晓得打，恨不得把我打死。有时候我认为他也不容易，在外面混日子肯定不蛮好。"

"你呀，就是太调皮了。"

"我爸同我讲，马善被人骑，人善被人欺，人不能太老实了。我爸还同我讲过，我们这个刘，不是山上刘家的刘，我们是远处的刘，我们是从远处迁到这里来的。我们是远处人，所以，经常被本地人欺负。玉婶，划船的人中，就数你最威风，站在那里，掌舵把方向。"

"你还是蛮懂事的。真的，时候不早了，你快去读书。有什么话今后再讲。"

这时，他突然把盖在她身上的被子掀开。还没等她明白过来是怎么一回事，他就在她胸脯上乱摸了几下。还没等她明白过来，他就跑走了。

刘成章走了不久，李朝霞来了。

"袁玉，病好点了吗？"

"刚吃了药。没什么大事，应该明天就可以去划船。"

"不急，不急。"

"今天划船还好吧？"

"没得你这个掌舵的，明显就没那么好。不过，谁都不能保证没有三病两痛。大家还是蛮齐心，照样划船。"

"我就晓得，有你这个队长在，不会出什么事。"

3

刘成章说："阿公，你就莫去土地庙上香了，我去就要得了。"

"成伢子，我已经许了老爷的愿，要天天上香，要上一个月。老爷保佑我病好了蛮多，我还是自己去上香，我心诚，老爷才灵。"

"阿公，你身体才好一些，你少走动。老爷是保佑人，人自己也要注意。"

"成伢子，你什么时候变得这么懂事了？"

"什么懂事不懂事，事情本来就是这样的。"

"那好吧。我身体是好了一些，不过走远路还是吃力。你去上香，心要诚，跪拜的样子要做得像，莫敷衍了事。"

"阿公，我晓得，我跟着你去敬神都去了那么多回了，这个我还不晓得吗？"

"后生，晓得就好。"

刘成章拿着香烛钱纸，骑上单车。他阿公说："一泡尿远的地方，骑什么单车？"

"路好走，骑单车快些，不耽误事。"

土地庙就在河边的一块高地上，不大。袁玉家的菜地隔土地庙很近，她正在菜地里锄菜。

"玉婶，又在锄菜。"

她抬头，只见刘成章骑着单车。

"你去搞什么？"她问。

"去土地庙上香。"

袁玉家菜地的旁边，是吴丹丹家的菜地。吴丹丹也在锄菜。

吴丹丹说："到底是伢子，把单车骑得飞快。"

"伢子骑单车，不摔几回扎实的他就不记事。不过，这个成伢子，比起以前来，要好多了。"

"同以前比，真的是一个天上，一个地下，他好像换了一个人。"

"人怕都要到一个时期才能上大任，才能懂事。以前，成伢子害人着尽了急，最近，真的是变了个人。"

吴丹丹扛起锄头要走。

袁玉说："怎么，就锄完了？"

"你还没锄完？"

"还没。"

"我来得比你早。我就不等你，先走了。"

就在土地庙下边的河里，一群伢子正在洗冷水澡，打打闹闹的声音清清楚楚地传到袁玉的耳朵里。今天是星期天。洗冷水澡的伢子没有袁玉的崽王思宇，她不准他到河里洗冷水澡，怕他浸死。

袁玉直起腰，看了看四周，没人朝土地庙这边来。她放下锄头，走到圳边，把手和脸洗了，就朝土地庙走去。她要看看，这个成伢子上香敬神是个什么样子，他那个样子一定蛮好笑。

她进土地庙门口的时候，刘成章刚好出来。

"玉婶，你也来上香？"

"我上什么香？我是来看你上香是什么样子。怎么，就上完香了。"

"还……还没。"

刘成章转身进了土地庙。

袁玉发觉自己进土地庙是一个错误。这庙太细了，细到她清清楚楚地晓得刘成章脸红红的，细到她清清楚楚地听得到他呼吸的声音。他一把抓住她的手，这让她更没想到。她猝不及防，他的嘴巴就贴到她脸上来了。

她把他推开，想朝外面走。

他不让她走。两个揪扭在一起。

"放开我，要是来人看见了就该死了。"

"一下子不会来人的。"

"放开我，那么多伢子就在那边洗冷水澡，你不怕他们晓得？"

"他们怎么会晓得？他们那么吵。"

她不能就这样让刘成章占了便宜去，她硬是没让他的嘴巴亲到自己的嘴巴上。当然，她的脸，是被他亲了几下。他的手也不老实，隔着衣服和乳罩摸她的乳房。

她到底力气大，决心大，把他推到一边。她先从土地庙出来了。在庙门口，她整理自己的头发和衣服。他也出来了，骑上单车走了。远处，正有人朝这边走来。她到圳边去洗手洗面。水一洗，面上就什么痕迹也没得了。

她想，这个成伢子，今后不能再让他占这样的小面子。

4

下屋里陈霜到袁玉家来借喷雾器。她看到刘成章刚从袁玉家出来，就问："这个调皮鬼来搞什么？"

"面前，他没搞得好，撞了我们家思宇摔了。你还莫讲，这个成伢子，以前只听到别人讲他怎么怎么调皮，如今看来，不像讲的那样调皮。他今天送几个鸡蛋来，讲是他阿公阿婆要他送来的，把我们家思宇补一补身子。"

"真的？"

"不是蒸（真）的，还是煮的？"

"我们家的喷雾器烂了，如今田里的虫好厉害，再不去治，只怕把禾都吃光了。"

"你莫讲得这么吓人。"

"也是蒸（真）的，不是煮的。"

"我刚治虫回家不久，就放在后面，你自己去拿。"

"那个成伢子，真的看不出来。如今怕是上大任了。"

"有时候想一想也怪不得他调皮，他爷老子脾气大，不同他讲道理，碰到了什么事，只晓得打人，他娘老子又死得早，没娘崽，肯定作孽。"

"也是。"

袁玉今天打了三亩多田的农药，感觉累。这样的事，丈夫在家的时候，是不要她做的。丈夫到淮阳搞基建去了，家里什么事都成了她的，她不去做就没人去做。里里外外，田里土里菜园里，做饭洗衣扫地，从早忙到夜，天天忙，忙得人腰酸背痛。喷雾器背了几个钟头，她肩膀也痛，背也痛，手也痛。回来的时候，已经快 10 点钟了。她洗了个澡，把一身汗臭味和农药味洗干净。累了，要歇一歇。她走进睡房，关好门，脱衣上床。

她上床不是要睡，只是想放松。忙的时候，她什么都不想。一歇下来，心事就来想她了。

那天晚上，崽已经在做作业了，袁玉才去洗澡。她没在洗澡房洗澡。她有个习惯，冷天的时候，她在洗澡房洗澡。只要天一热，她就到后面的院子里洗澡。洗澡房太小，院子大得多，天大地大，洗起澡来自由自在。院子有围墙围着，围墙有一人多高，再讲，院子后面几乎没人经过，所以，她把后门关上，就可以放心大胆地在院子里洗澡。

袁玉好像听到了平常洗澡没听到的声音，她停下来，那声音没了。难道那是自己弄出来的声音？好像不是。可认真听，确实听不出异样的声音来。是不是自己疑神疑鬼？看得到自己洗澡的，只有天空和天空里的星星。她继续洗自己的澡。那声音又来了，就是在水声中，她也听到了那声音。她没有停下来。

第二天晚上，袁玉多长了个心眼，她搬来一张高高的椅子，放在围墙边，当然是靠近后山的一边。刚脱衣服，她就又听到了那异样的声音。她立刻走到围墙边，站到准备好的椅子上。她看到一个伢子猫着腰，像鬼一样跑走了，她晓得那伢子是谁。

第三天上午，袁玉到了院子外面。她看见围墙边有几块红砖。三块还垫在一起，他应该就是踩在这里偷看我洗澡的。在这三块红砖的两边，一边散落着两块红砖。一共是七块红砖。她动手把那四块红砖码到那三块红砖上。她站了上去，她的眼睛隔围墙最高处还有大约两寸高。她双手撑住围墙，踮起脚尖，这才看得到围墙里面。我在那个地方洗澡，从这里看不到我的正面，只看得到我的侧面。他比我高，只要稍微踮一下脚尖就可以了。

袁玉下来，将现场还原。

这里有一条很小的路，早就不走人了。他偷偷摸摸走这条路，就不怕蛇咬？被蛇咬了，看你值不值？

今天他来，把几个鸡蛋放在桌上就走了。

这些那些都莫想了，里里外外有那么多事需要她去做，她还是先把事做了再说。吃过中饭，她不想立刻就到外面做事，她想先去打一打麻将，然后再去做事。事反正有那么多，也不是一时半会，一天两天就能做完，悠悠慢慢做就是，做太急性了人累，人也不经老。讲到老，自己三十多岁了。

5

袁玉一想到刘成章就怕。举头三尺有神明。人在做，天在看。那个招魂的仪式，她参加了。她不想别人给她来招魂。

她做过很可怕的梦。只是她同别人说的时候，把梦作了小小的修改。梦里，何明婉就坐在她们划的那条船上，船上只有她一个人，河里的水好大。她大声喊着救命，袁玉就在岸上，想伸出手去救她，不过隔得太远，手太短了，身边又没有长的东西，水流得好快，一下子就把船冲到坝上，一下子就把船冲到坝下。袁玉眼睁睁看着船和船里面的人冲下去。船和人都进了一个好大的漩涡，只一眨眼的工夫，船和人就都不见了。袁玉这个时候并没有醒，她还在继续做梦。她走到坝边去看。那个漩涡朝上面旋转，朝她旋来。她想跑走，但来不及了。漩涡巨大的口把她吞进去了。袁玉这时候才醒。

　　醒来，她发现一张床上只有自己一个人。她晓得平常床上也只有自己一个人，平常她感到的只是孤单、寂寞。这时候，她感到恐惧！

　　她在划船之后，怕走到坝边去，但又很想走到坝边去。她还是走到坝边去了，有水流下去，响声也蛮大，但没有那样吓人的漩涡。她放了心。

　　她后来又做了一个梦。这个梦就像真的一样。在一间房里，就是在她的睡房里，有一男一女两个人。一女就是她自己，一男就是刘成章。

　　"你晓得自己今年多大吗？"

　　"十六。"

　　"你晓得我今年多大吗？"

　　"不晓得。"

　　"伢子，我告诉你，我今年三十三了，只比你娘小几岁。"

　　"张自强和何明婉的事，你也晓得了吧。"

　　"晓得。"

　　"我晓得之后，我怕。"

　　"我不怕。"

　　"你不怕，我怕。我们的事情要是有人晓得了，你爸爸会杀了我，守业也会杀了我。"

　　"不会。别人不会晓得。"

　　"怎么不会晓得？若要人不知，除非己莫为。纸包不住火。"

　　"你那样做不好，偷偷摸摸看人洗澡。要是我讲出去了，看你怎么做人。"

　　他的脸更红了，血好像要从面皮里钻出来。

　　"你以前还看过别的女人洗澡吗？"

　　"没。"他终于说话了。

"今后不要再去看了，这是丑死人的事。"

"你不会把这事讲出去吧。"

"只你要今后不再做这样的事了，我就不讲出去。"

"我再不做这样的事了。"

他走到她面前，一把抱住她。

她把他甩开，说："你耍流氓，我就要喊了。"

他退开两步。

"我是有丈夫有伢子的女子，你一个十六岁的伢子，还没成年，就耍这样的流氓。要是事情传出去，别人还以为是我勾引你。"

他走上来又抱住了她。

"我就要喊了。"

他恶狠狠地说："你喊你喊，要喊你就喊。我想你几夜都没睡好。要喊你就喊。"

她说："你要搞什么？"

他不说话，在她身上乱摸。

她又把他甩开了，说："你要搞什么？你就是要看吧，你要听我的话，我就把你看。"

"我听你的话。"

"你莫拢来。你听我讲，我年纪又大，皮肤又黑，我没得你喜欢的地方。"

"你黑得好。"

这时候，她醒了。

她庆幸自己醒得正是时候，不然，就让那个十六岁的伢子在梦里得逞了。

6

看到妈妈那个恶样子，王思宇晓得今天大事不好了！

"你搞什么要去划船？"

王思宇没回答。

"不回话是吧？你不怕挨打是吧？"

不要说挨打，就是妈妈的骂，他也好怕。他说："开始我不想去，是刘成章硬要我去。"

"是不是他把绳子牵着你，像牵牛一样牵着你去的？"

"不是。"

"他要你去你就去！他要你吃屎你也吃屎？"

来月经的时候，袁玉本来心情就不好，再加上今天的事实在想起来就怕——这么一些伢子去划船，控制不住船，让船冲到坝下，翻了！搞不好，会死人！今天没死人，算是不幸中的万幸！要是有下回，那就说不定了！不吓一吓自己的崽，只怕他今后会把自己吓死。

"你们划船一共有多少个人？"

"12个。"

"都拿着桨？"

"都拿着桨。"

"刘成章的桨是谁把他的？"

"是我，是我从屋里偷出来拿了把他的。"

"桨都放回原处了？"

"早放回原处了。"

"烂没烂？"

"没烂。有一个人的桨烂了。"

"谁的桨烂了？"

"刘伟民，田丽就是他妈。"

"桨是怎么搞烂的？"

"我们都拿着桨去划水，他也划水，还要拿着桨乱劈水，没搞得好，就把桨搞烂了。"

"你晓得自己犯了大事吗？"

崽不作声。

"船冲到坝下，翻了，你也被冲到坝里去了吧？"

"没。我在船冲到坝上的时候，就从船上跳下来了。"

"都有谁被冲到坝里去了？"

"两个人。"

"哪两个人？"

"刘期望同张果。"

"我怎么都不认得？"

"都不是我们西山的？"

"刘期望是山上刘家的？"

"嗯，他娘老子就是肖宏。张果是东冲的，他娘老子就是黄映如。"

"他们都多大？"

"刘期望读初一，同我一个班，张果还在完小，读五年级。"

"他们是差一点浸死吧。"

"没。刘期望耍水厉害些，翻到坝里之后，他自己游到边上来了。张果没他厉害，在水里喊救命，刘成章跳下去把他拖到岸边。"

"这个刘成章，专门带着你们这些伢子搞歹的！你自己去地坪里拿杉枝来！"

王思宇哭丧着脸，乖乖地到门前地坪里拿来一根杉枝。

杉枝在手，袁玉准备用刑。

"把衣脱掉！"

王思宇慢慢地脱衣。

"莫磨磨蹭蹭！"

他加快了脱衣的速度。

袁玉的杉枝还没抽到王思宇身上，他就哭起来了。

"现在你晓得哭了！去划船的时候不晓得怕，现在你怕了！"

一杉枝，抽在他右边的胳膊上！血红的痕迹出现了！

"你以为你耍得水，就不怕死！河里水那么多，你吃得完吗？"

一杉枝，抽在他左边的胳膊上！血红的痕迹出现了！和右边的胳膊几乎对称。

哭声更大了，他的泪像豆子一样滚落出来！她的心软了软，但很快又硬起来了。

"你害了我着急！看我今天不打死你！"

一杉枝，抽在背上！背上就有了红色的花纹！

有人跑进来，是刘成章。

"你来做什么？"她停止了抽打，问。

"今天的事，只怪得我，是我喊思宇去的。"

"你蛮英雄是吧，你喊得动人，你是大哥！"

她又要打人。

刘成章说："你要打人就打我吧。"

"你要是我的崽，看我不打死你！"

刘成章上来就要抢她手中的杉枝。

"当心我连你一起打！"

一杉枝！却抽在刘成章手上！本来是要抽王思宇的背的，刘成章却挡了过来。他手上立刻有了几个红印。他站在王思宇面前，一点要躲的意思也没有，那样子好像在说，你想抽就抽吧，你想怎么抽就怎么抽吧，你想抽多久就抽多久吧，我反正不躲！

"你也读初三了，就快毕业了，十五六岁了，也是半大了，怎么尽带着细伢子做歹事呢？"

"我也没想到会翻船。"

"你没想到？晓得天光不会尿床！"

她冲着崽说："记不记事？"

"记事。"

"下回还去不去划船耍水？"

"不去了。"

"我告诉你，这回还是轻的。要是有下回，你等着！"

刘成章说："不会有下回了，我保证我们不会再去划船了。"

第二天早上，袁玉除了带去自己的舵之处，还带了一只桨给田丽。

大家都说，先划船，划船之后再讲昨天的事。

这些女人们，她们越划越有心得，越划越对船和水产生越浓的感情。但在这份感情中，也包含着恐惧。

黄欢笑、徐荷花、蒋滟滟、刘芙蓉、田丽、肖宏、陈青兰、黎美丽、黄映如、徐如意也都把自己的崽打了一餐。只有张灿，她只骂了崽一餐。她打崽的时候，她家娘家爷护着，说他才 10 岁，还在读小学，不懂事。

她们都说："伢子呀，就是调皮，不打不记事，把船都搞到坝下去了！害得我们费了好大的力气才把它搞到上面来！最怕的就是浸死人！与其今后来伤心来哭，不如现在打狠点打恶点！那个刘成章，我们都以为他变好了，没想到，狗还是改不了吃屎，还带了细伢子做这样的事！"

李朝霞说："我们划船划了一个多月了，也练得有个一般了。只要天气好，我们好像就没缺过一回。"

刘芙蓉说："也缺过一回，就是那回涨水，水好急，我们到了河边，都讲水太急了，划不得船。"

李朝霞说："你看我这记性，人没老，记性就老了。我们一路划来也不容易，中间大大小小出了一些事，我们都走过来了，真是不容易。我打算同村主任去讲一讲，不要出多少钱，不过也要村上意思意思。"

硬要这样，硬要这样，她们都这样说。

李朝霞说："昨天那些伢子把船搞得翻到坝下去了，让我想到了一件事。今后端阳比赛，我们是去我后家河边村。河边村划船的地方，袁玉也晓得，水比我们这里的急一些。我想我们在这上面再划几天，然后把船搞到坝下去，坝下的水急一些，同河边村划船的地方的水差不多急，我们到坝下训练好了，然后去比赛，到时候就不会慌。"

袁玉说："你想得真周到，我根本就没想到这一层。"

大家都赞成。

村主任张平来了。

刘芙蓉说："张村主任，你硬是贵客，也是稀客，我们划船划了这么久，硬是没看到你的影子。"

张平说："快莫这么讲，我其实来看过蛮多回，只是我站得远些，我看得到你们，你们没注意到我。"

刘芙蓉说："村主任，单车也不骑，走路来，你就不怕脚胀？"

"到这里来走一走，来看一看你们，要骑什么单车？"

刘芙蓉说："不骑单车也好，显得你心诚。"

李朝霞说："村主任，我们划了这么久了，村上一点表示都没得。"

张平说："同你们讲内心话，我是真的真的想拿点钱出来给你们。你们想一想，我们大田一个这么大的村，喊二十几个后生来划船，竟然没喊拢来。你们女人硬是半边天，依我看，还不止半边天，朝霞一呼百应，不，是一个人呼二十几个人应。龙舟队喊成立就成立了，取了个大田村半边天龙舟队的名字，蛮好。拿再多的钱给你们，也不过分。只是，你们都晓得，村上没得钱。"

刘芙蓉说："一讲到钱，你就同乌龟的脑壳一样，缩回去了。"

张平说："讲句笑话呢，就是村上给了一条船，给了舵给了桨给了鼓你们，让你们在河里耍了这么久的水，你又喜欢耍水，你们还要什么钱呢？"

袁玉说："村主任，同你讲正经的。我们来划船，不在乎有钱没钱。只是，村上也该意思意思，我们又都不贪多。"

"钱嘛，肯定要给一点你们，不过，真的不多，只是意思意思，还只是小意思，拿不出手。每个人 5 块钱，端阳到河边村比赛的时候，每个人再发 4 个包子 4 只粽子，事事如意。"

"钱什么时候领？"李朝霞问。

"今天上午 9 点钟，你到村部来领。"

刘芙蓉大声笑着说："要是我们端阳到河边村比赛赢了，村上有什么奖励？"

张平打一个好响亮的"哈哈"，说："端阳你们去河边村比赛，输了不惩罚你们，这是耍事嘛，友谊第一，比赛第二。要是你们赢了，不是我对你们没信心，你们就莫多想赢的事。"

刘芙蓉说："三局两胜，要是我们赢了一局呢？"

张平说："我也表个态，要是你们赢了一局，那就每个人奖 10 块钱。"

刘芙蓉说："要是我们赢了比赛呢？"

"赢了比赛，每个人奖你们一千块钱。"

好多女人都笑着说："村主任，你不是讲村上没钱吗？"

张平说："村上没钱，我自己拿钱出来奖。我自己没钱，我去讨米也要把这个奖金讨来发给你们。"

刘芙蓉说："村主任，口说无凭，立字为证。"

张平说："要什么白纸黑字，要什么纸写笔载？我讲话算数！毛主席讲过，我们中国人讲话从来就是算数的！"

李朝霞到村部领钱的时候，张平只肯给她 110 块钱。她却要领 120 块钱。张平说，你们如今二十二个人，每个人 5 块钱，不就是 110 块钱吗？李朝霞说，还有吴丹丹，她虽然去广东打工了，但也来划了蛮久，何明婉呢，人都已经死了，都烧成灰了……

张平说，你莫讲了，我把 120 块钱给你。

李朝霞拿 5 块钱给了吴丹丹的丈夫王鹏举，说这是他婆娘的钱。她拿 5 块钱给了何明婉的家爷张天健，说，这个钱本来是把何明婉的，张存孝又在淮阳做事，我就给你，真的太少了，只买得两个饼几粒糖。张天健说，这个钱，不要也罢。李朝霞说，这钱是村上的一点小意思。张天健这才收下这 5 块钱。

剩余的 110 块钱，划船的女人们一致决定先不动它，等端阳划船之后，她们晚饭就去文华饭店，大吃一餐。

顺带说一句，后来，再也没有伢子偷偷去划船，刘成章兑现了自己的保证。

7

中考结束了。刘成章考完了，他的成绩当然不要想也都晓得：好不到哪里去。因为中考，王思宇放了几天假。中考一结束，他就又要去学校读书了。他一去学校读书，家里就剩下袁玉了。

袁玉记得，在那个梦里，一男一女是在她自己的睡房里。

这不是在梦里，这是在后面的厨房里。

他走到她面前，一把抱住她。梦里也是这样的。

她记得梦里是这样的，她把他甩开，说："你要流氓，我就要喊了。"他退开两步。她就说："我是有丈夫有伢子的女子，你一个十六岁的伢子，还没成年，就要这样的流氓。要是事情传出去，别人还以为是我勾引你。"

现在同梦里几乎是一样的。这把她吓了一跳！

就同梦里一样，他走上来又抱住她。

"我就要喊了！"

他把她放开了，盯着她，面就像打了鸡血。

梦里不是这样的，梦里他恶狠狠地说："你喊你喊，要喊你就喊。我想你几夜都没睡好。要喊你就喊。"

她说："你要搞什么？"

他不说话，在她身上乱摸。

她又把他甩开了，说："你要搞什么？你就是要看吧，你要听我的话，我就给你看。"

"我听你的话。"

"你莫拢来。你听我讲，我年纪又大，皮肤又黑，我没得你喜欢的地方。"

"你黑得好。"

这不是在梦里，是在厨房里。

她说："等一下有人来了看见你这样，看你怎么搞？"

他说："我让你们家的狗守在大门口，有人来它就会叫。"

她没听到狗叫。

她问："你晓得自己今年多大吗？"

这又同梦里一样了。

"十六。"

"你晓得我今年多大吗？"

"不晓得。"

"伢子，我告诉你，我今年三十三了，只比你娘小几岁。"

"张自强和何明婉的事，你也晓得了吧。"

"晓得。"

"我晓得之后，我怕。"

"我不怕。"

"你不怕，我怕。我们的事情要是有人晓得了，你爸爸会杀了我，守业也会杀了我。"

"不会。别人不会晓得。"

"怎么不会晓得？若要人不知，除非己莫为。纸包不住火。你那样做不好，偷偷摸摸看人洗澡。要是我讲出去了，看你怎么做人。"

同梦里差不多就同梦里差不多，这是没办法的事。自己家的那条狗，怎么就那么听他的话，怎么就不叫呢？

她记得在梦里，自己这么问过："你以前还看过别的女人洗澡吗？"现在，她也是这么问的。

"没。"

"今后不要再去看了，这是丑死人的事。"

"你不会把这事讲出去吧。"

"只要你今后不再做这样的事了，我就不讲出去。"

"我再不做这样的事了。"

突然，她不记得梦里接下来都发生了什么。她只晓得，在梦里，她没让这个 16 岁的伢子得逞。

今天，在这个厨房里，她仍然没让这个 16 岁的伢子得逞。她仍然只让他碰了她的乳房。她的月经还没干净。她本来乳房都不想让他碰的，那一瞬间她心软了。她想，这个瘟神，反正过几天就要到淮阳基建工地上做事，那时候，他就不会来烦我了，不会来缠我了。她发现这个 16 岁的伢子好像成了一个大人，差不多比她高半个脑壳。他一副要死要活的样子，一副要发癫的样子。她晓得怎么让他老实，她握住他下面那个烫手的把戏。白色的东西射出来，他就老实了。这是梦里没有的，这是在厨房发生的。但它似乎更像梦，比梦还像梦。

他说他只在家里搞几天柴，然后就去淮阳做事，就去他爸爸做事的工地上做事。那只狗一直待在大门口，好像变成了一个哑子。

8

刘成章总来纠缠，袁玉实在是没办法，她又生怕别人看见，于是她就快快地来个干脆……他反正在家也待不了几天，他总来纠缠，缠得他们两个都睡不好吃不好做不好。

16岁的伢子得逞了，她让16岁的伢子得逞了，他们都得逞了。

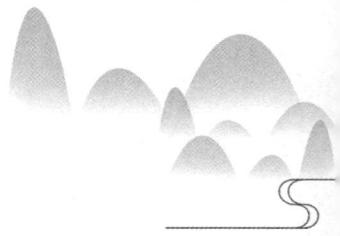

第十六章

张灿的小船翻了

1

涨大水的时候，那些近河的老房子被大水冲击，先是摇摇欲坠，最后是轰隆一声，整个垮了。

张灿的爱情和幸福就像这样的老房子一样垮掉了。

张贤德和本地的一个名叫黄妙如的女子勾搭成奸。张灿劈头盖脸把丈夫骂了个够。骂完丈夫，她就骂野老婆黄妙如："你一个狐狸精！骚死人！你尽做歹事！专门勾引人家老公！你有什么好！你个子矮，你肉多……"

骂完人之后，张灿请自己的家娘家爷出来主持公道。家娘家爷看到儿子出了这样的丑事，当然站在媳妇一边，帮着媳妇教育儿子。但张贤德这个儿子长大了，不大听得进父母的话。看到张贤德就像油盐不进的石头，张灿更是气死人。她哭，她闹，她要寻死路。感情用事的她把不该讲出来的话也讲出来了。比方她对家娘家爷不大满意，认为他们没有给他们的儿子施加足够大的压力。她认为出了这样的丑事，他们可以要他跪下来，甚至打他一餐。他们呢，只是讲他，只是用嘴巴讲他！你只是讲他，他身上不痛，心里也不痛，他就不记事！于是，失去理智的她说，上梁不正下梁歪。张高勋以前也是有过几起男女苟且之事的，听媳妇这么讲，心里就蛮不高兴。她家娘虽然以前也骂过张高勋在外面寻花问柳，但事过境迁，媳妇这么讲，实在是没大没小，实在让他们很没面子。而且，张灿还跑到乡政府去，把丈夫的丑事讲给领导听，强烈要求领导管好她的丈夫。领导把张贤德喊去，批评教育了一番。家娘家爷认为，你讲话没大没小也就算了，因为你当时在气头上，但你跑到乡政府去，违背了家丑不可外扬的习俗，把事情闹得锣张鼓大，太过分了，于是，他们就都不站在媳妇一边了。他们甚至认为，如今这样的社会，偷个把婆娘不是什么蛮大的事。

家娘家爷本来是和张贤德张灿住在一起的，出了这样的事之后，他们就搬出去，和大崽住在一起。张灿继续大闹天宫，张贤德也做得绝，干脆家也不回了。

一切都坍塌了！

但是，张灿还有自己的崽！这个家，还不是只有她一个人，还有她的崽！她问崽："是娘错了还是爷错了？"崽说："是爷错了。"她说："爷错了，他还一走了之，我不会轻易放过他的，他不要我们了，我们就视如没有他，懂吗？你今后就视如没有他这个爸爸！"

崽不说话。

她哭，她只是哭。她没得其他办法，只是哭。

李朝霞以为出了这样大的事，张灿不会来划船。没想到，张灿没缺过一回划船。

划船之后，张灿就继续讲她丈夫和他野老婆如何如何不是人，说她要离婚，并要她们替她拿主意。

没有人回她的话。俗话说，宁拆七座庙，不离一场婚。她们自然不赞成离婚，离婚那是想尽一切办法都没用之后……，也就是说，是没办法的办法。但张灿在气头上，你要是劝她不离婚，她会蛮不高兴。

"你们还是不是站在我一边啊？"张灿说。

刘芙蓉说："张灿，我这个人嘻嘻哈哈搞惯了，你要问我怎么搞，我就讲几句真话。要是讲得不好，你莫怪我。"

张灿说："我就是要听真话，不会怪你。"

刘芙蓉说："我要是你，我就不会离婚。"

"怎么讲？"

"你想啊，你丈夫如今同你闹翻，主要责任都在他，不过，你这么闹，也不是办法。黄妙如，我晓得，比你是小几岁，不过身材没你好，样子没你周正。男人，他就是喜欢搞点新花样。他不要蛮久，就会对她失去兴趣。只要你不闹，他就可能回心转意。我要是你，就是他不回心转意，我也不同他离婚。万一离婚，他有工作，钱赚得多，你没得工作，钱赚得少。你肯定要伢子，伢子跟着你，你拿什么养他？就算他出抚养费，你还是要看他的面色行事。还有一句最直的话，我要讲出来。你是搞了结扎的，再也生不得伢妹子。离了婚，你要找好一点男的，蛮难。"

张灿说："男人我看透了，没几个是好东西！我不打算再结婚，我不需要男人！"

"你这是讲着好耍的。一天两天没男人，还不要紧，十天半个月没男人，也不蛮要紧，一年到头没男人，日子怎么过？你不同他离婚，你还是他的婆娘，她黄妙如就永远只是野老婆。你与其这么大吵大闹，还不如慢慢耗，耗他个半死不活，你就赢了。你看，你大吵大闹，得罪了人。原来同情你的，后来也不同情你了。就比如前天，你担了一担谷去打米。以前，这些事都是你丈夫做。你要是不同他离婚，睁一只眼闭一只眼，这些事，他还会同从前一样做。"

刘芙蓉的话点醒了张灿这个梦中人。

对这个问题的讨论就到这里为止，接着她们议论起王勇武的事。

有人说："这个王勇武，娘老子死了之后，就像换了一个人。"

有人说："他娘老子要死的时候，把他喊到床面前，要他好好做人，想办法带个婆娘。他哭着发誓，要改邪归正。"

张灿说："他是变了蛮多。前天我去打米，回来的时候，半路上碰到了他。他看到我担了米好吃力，就主动同我担米回家。到了我屋里，他把米一放就走了，茶都没喝一碗。"

有人说："有媒人同他做了几回媒，都没成功。"

有人说："怪不得，他原来的名声太臭，女方一听讲是他，当然就不会同意。"

有人说："这就是好事不出门，歹事传千里。人也总是用老眼光看人。"

2

路上，张灿碰到了王勇武。她对他说："同你讲件事。"

"什么事？"他在她面前站住，问。

"想同你做个媒。"

"别的事还好讲，做媒的事就算了。"

"怎么啦？"

"你又不是不晓得，好几个人同我做媒，都没搞得成。"

"我当然晓得。"

"你当然晓得还这样讲，不是来嘲笑我吗？"

"你看我讲话的口气同样子，像是在嘲笑你吗？"

他看了她一眼。嘲笑他？确实不像。

她说："你晓得你前面为什么没搞得成吗？"

"我当然晓得。"

"什么原因？"

"我以前做得蛮不好，臭名声在外，女方看见是我，哪个愿意跟我？"

"我告诉你，这只是原因中间的一个。"

"还有什么原因？"

"还有一个原因，也蛮重要。"

"什么原因？"

"前面那些人同你做媒，女的都是近处的人。你想呀，近处的人，大家都清楚对方。谁家几双筷子几只碗，都一清二楚。你如今做得蛮好，好事不出门。你以前做得蛮不好，歹事传千里。"

"照你这么讲，我不还是没希望吗？"

"我同你来讲，就是有希望。"

"希望在哪里？"

"俗话讲，好事不出门，歹事传千里。你如今做了不少好事，其实地方上是晓得的。近处的姑娘不想嫁了把你，还是用老眼光看人。要是有人同你介绍远处的姑娘，你以前的情况她就不熟悉，这就容易成功。"

"姑娘的娘爷还是会派人到我们这里来搞调查走访，我以前的事他们还是会晓得。"

"刚才我讲了，你如今做得蛮好了，地方上的人都有一双眼睛，都看见了。我们划船有二十几个女的，我们同地方上的人扯谈的时候，多讲你的好。有人到我们这里来调查走访，地方上的人只会讲你如今的好，你以前的不好，他们会替你遮盖过去。毕竟，宁拆七座庙，不散一场婚。"

他不作声。

"你要是认为要得，我就同你指一条路。"

"什么路？"

"我最小的姨娘，住在跳马村，她同好几个人做过媒，都成功了。跳马村隔我们这里有二十多里路，他们那里的人不晓得你王勇武是谁。我要她到那里同你做媒，你看要不要得？"

"要是有合适的，也好。"

张灿就上了心，当天就特意骑单车去了跳马村，找到她最小的姨娘，要她同王勇武做媒。这个姨娘就像天底下半职业的媒人一样，非常热心撮合男女婚姻之事，一听说有这样的事，二话不讲，一口答应。

3

这两天都是好日子，喜事多多。

先是昨天王迎春订了婚。今天早上划船的时候，她带了一大把喜糖来给一同划船的人吃。大家都同她拥抱了，王迎春欢喜得都流了眼泪。同王迎春拥抱的时候，张灿差一点也流眼泪——她为王迎春高兴，但除了高兴之外，她还好像有点伤感的东西。今天，王勇武婚姻的八字有了一撇：张灿的小姨娘带了远处一个姑娘来看房子，据说消息大大的好。还有一件好事是今夜上屋里放电影——上屋里在菩萨面前许了愿，菩萨显了灵，于是上屋里就请人来放电影。

只是，张灿感觉身体不大舒服。不是蛮不舒服，不是不要命的舒服，但她就是不舒服，是讲不出来的不舒服。

张浩宇说："妈，听人讲今天上屋里放电影。"

"是放电影，是他们许了老爷的。"

"我想去看。"

"明天又不是星期天，你去看什么！"

"我把作业做完了去看。"

"也不行。"

"他们都去看。"

"他们都去看，你也不行，除非你把作业认认真真做完。"

"好。"

"注意，不能马虎了事。你做完作业我要检查。"

张浩宇一回来就做作业，吃过夜饭也歇一歇就做作业。

他把作业交到母亲手里。

张灿一页一页翻看作业，最后说："都做完了吗？"

"做完了。"

"真的都做完了？"

"真的都做完了。"

"要是我听你们老师说你没做完作业，你就招架挨打。"

"要得。"

"作业做得还不错。"

"妈，那我洗澡去了。"

同其他伢子一样，张浩宇最喜欢武打电影。今夜两部片子都是武打的。他很快就洗了澡，然后搬着椅子就朝上屋去。

"妈，你去看吗？"

"我这几天不大好过，我不想去。"

"妈，我听人讲，今天放电影的还带来了发电机。这些天电不正常，搞不好今夜又要停电。带了发电机，不管停不停电，电影都照样有看。"

崽好兴奋，但实在感染不了娘，娘实在是不舒服。她为什么不舒服？她自己也搞不清，她搞得清的只是自己不舒服。

上屋的电影开始了，从好大的打打杀杀声，你就晓得又是在放武打片。

张灿想看一会电视再去洗澡，但打开电视机，她实在不晓得电视有什么好看的，于是就将电视关了。她整个人是懒洋洋的，她的身体是松松垮垮的。

就洗澡。

就洗自己和崽两个人的衣。

就提着一桶衣到二楼的阳台上去晾。

有人大声喊"拜访"。

她都不晓得喊拜访的是什么人，就随口应了一声："拜访不当，请坐。"

等到来人再次大声喊拜访，她才晓得是王勇武。

他走上二楼。

"是来看电影的吧？"她问。

"不是。我到下屋里有点事，顺带到这里来谢你。"

她一边晾衣服一边说："今天我小姨娘也到我这里来坐了，她讲，女方蛮中意你，要是你点脑壳，这事十有八九搞得成。"

"要搞得成就好。真的搞成了，还不是要多谢你？你指的路是好路。"

"今天她们来看房子，你只要准备请人看个好日子，不久就把婚订了。"

"我也是这么想。"

"茶钱拿了多少？"

"四百八。"

"结婚是要用钱，该用的不能省。"

"嗯。"

她看到手中自己的一件衬衣不大抻抖，就用力甩了几下，把水甩到他身上。

她说："没搞得好。"

他说："没事。"

突然，天地都黑了。上屋那边电影也哑了。停电了。

她一下子看不清楚了。他也一下子看不清楚了。

她没再晾衣服，看不清楚的时候晾衣服，衣服掉到地上弄脏了又要去洗，那就好麻烦。她没再晾衣服，反正也不急在一时。

她说："我还以为你是来看电影的呢。"

"电影，我以前看得太多了，都看足了瘾，如今不想看了。"

"那个时候，你们这些后生其实不是去看电影，是去打架。"

"就在一年之前，都是这样。那个时候，是吃多了饭不得消，不约人打架，不打群架，身子就觉得不舒服。"

"听讲，打架的时候，有把别人的牙齿打落的，有把别人的鼻子打歪打断的。"

"那是有，我这个左胳膊就被人杀了一刀，如今还留着一个疤痕。"

上屋发电机响起来了。不久，电影又放起来了，还是打打杀杀的声音。

她的眼睛适应了黑暗，上屋的电光，也好像照到这里来了，让这里看得稍微清楚一点。

"真的？让我看看。"她说。

他把左手的袖子捋起来。

她看到他就在自己面前，隔得很近的。这样的光线，其实是看不清疤痕的。为了看清疤痕，她走到他面前，她隔他更近了。但还是看不清他左手的疤痕。她捉住他的左手，脑壳就拢去看，还是看不清。看不清就看不清。好晓得自己的手在颤抖，他的手也是。

她说："你活了二十多岁，又那么调皮，肯定搞过不少姑娘吧。"

"没。"

"鬼信。"

"真的，一个也没。你莫看我打架胆子大，其实我怕同女的讲话。"

她踮起脚尖，她的嘴巴在找，一下子就找到了另外一张嘴巴。都不晓得谁找谁。

她把他的手拖到自己胸脯上。他的手就在她胸脯上乱摸。她右手抓住了他裤裆中的东西，一个硬得像石头像铁的东西。

她带他到自己二楼的睡房。因为是在自己家里，一切都太熟悉了，就是眯着眼睛，她也晓得怎么走。她带他到自己的床上。她带他进入自己的肉体。

他走后不久，来电了。刚才突然停电，她一下子不适应。现在突然来电了，她也不大适应，灯光好像比平常亮蛮多，都刺人的眼睛。

她已经穿好了衣服，把桶子里剩下的衣服也晾了。从二楼的阳台上看远处，看不到人。她到了一楼。

上屋的电影停了一会。放电影的人就利用这个时间换了高压电，发电机也不响了。

她把大门关了。

她来到东边房里。这个房间有个侧门，这个侧门是紧紧地闩着的，而且，还用桌子把它堵住了，而且，桌子上还放着很多东西，这就使得桌子很重，能够很好地把门堵住。丈夫不回家，家娘家爷也搬到别处去住，这三间红砖房里就剩下她和崽两个人，她害怕，于是她就把这个侧门关得死死的，堵得死死的。

现在，她要把这个桌子移开。她试了试，桌子太重，她移不动。她又试了一下，桌子还是一动不动。她把桌子上的东西一件一件拿走。她把桌子搬开，放到墙角里。然后再把刚才的东西一件一件放到桌子上。侧门仍然是闩着的，她拉了拉，很紧，只要不开这个门闩，门就打不开。明天夜里十一点钟，他就会按照事先的约定，站到这个侧门的外边来。我就会轻轻地把门闩打开。他就会走进来。把门闩上。他就会跟着我，穿过这个房子，进入里面的睡房。

这个睡房以前是家娘家爷住的，现在它空着，上面堆了一些东西。她把床上的东西搬开，把床整理好。

她自己的睡房在二楼，崽的睡房也在二楼。他们在一楼做事，隔那么远，崽什么也不会晓得。

做好这些准备之后，她到厨房里洗手洗脸，然后舀一面盆热水。她端了热水进洗澡房。她脱下裤子。在电灯光下，她可以清楚地看到自己的下身。它没什么不同，同昨天同前天没什么不同。刚才的事情，如果不是她亲历，她不晓得它会有什么不同。只从样子上看，它没有什么不同，一点不同都没得。毛发是黑的，它一直就是黑的，它一直就是这样黑的。

她洗了屁股，感觉舒服多了。这样，就更看不出它有什么不同了。刘芙蓉说，你搞了结扎，生不得孩子了，再要嫁好人家，蛮难。我不想再嫁人的事，搞了结扎也有搞了结扎的好处，随他怎么搞，我也不要担心怀孕的事。

她穿好裤子。

她上了二楼，来到自己的睡房里。在电光下，她拿着镜子照自己的嘴巴。这张嘴巴昨天前天是张灿的嘴巴，今天，现在，它还是张灿的嘴巴，一点不同都没得。她又拿镜子照自己的两只乳房，它们也没什么不同——什么蛛丝马迹也没留下。就在刚才，他还在做死地摸它们呢，还在做死地吃它们呢。

她带着一种恶狠狠的快感说："老子不离婚，也不守活寡。"

吃王迎春的喜糖

1

咚咚的鼓声停了，有人用拦网到坝里捉鱼。

四个男人，拉着好大的拦网到水里去了。这四个男人都是龙虎乡的。

刘芙蓉指着袁玉和李朝霞，对那四个捉鱼的男人说："她们两个就是你们龙虎人的女。"

四个男人中那个最年长的问："她们是龙虎哪里人？"

刘芙蓉说："这个，是袁家村人。那个，是河边村人。"

"都隔我们那里不远，我们都是龙虎乡春田村的。"

女人们都站到坝周围来，看他们怎么拦网怎么捉鱼。

刘芙蓉说："你们捉鱼这个行头，蛮好蛮齐，样子蛮吓人，不晓得等一下能不能捉到鱼。"

"无多必有少。"这句话不是那个最年长的男人说的，但刘芙蓉不晓得是三个男人中的哪一个说的。

网收上来，没有捉到大鱼。

刘芙蓉说："被我讲灵了吧，我刚才讲，你们只是样子吓人。"

那个最年长的男人说："你们不是一样？你们划船也只是样子吓人。"

"我们就不是只样子吓人，我们船划得蛮好了。"

"端阳快到了，你们去河边村比赛，百分之百要输。你们不是只样子吓人？不过也好，图了热闹，图了好耍，也是好事。"

刘芙蓉笑着说："我们还想赢呢。"

那四个男人都笑着说："癞蛤蟆想天鹅肉吃——痴心妄想！你们要是赢了，我们喊你祖公婆婆！"

刘芙蓉说："到时候我们赢了，你们这么喊，我们还不应呢。"

那个最年长的男人说："我们没捉到鱼，只怪你们。"

好几个女人都说："你们没捉到鱼，关我们什么屁事？"

"就是你们刚才划船把鱼吓跑了。"

刘芙蓉说："那就怪不得我们，只怪你们自己运气不好。我们本来是在坝上划船的，昨天才把船移到坝下来。"

那个最年长的男人，手里拿着一个好大的蚌壳，对刘芙蓉说："这个把戏大不大？"

"蛮大。"刘芙蓉随口一应。

"比你的把戏大些还是细些？"

刘芙蓉没想到这个男人会这样老不自在，死不正经，就说："比我的大些，只是它没长毛。"

那个男人没想到刘芙蓉会说出这么粗俗的话来，嘿嘿一笑，手不知不觉一松，蚌壳就落进水里。

刘芙蓉笑着说："蚌壳溜滑的，你年纪大了，吃工夫不住吧。"

那个男人微微红了脸。

咚咚的鼓声停了，挖沙船的声音响起来了。挖沙船在坝上不远处挖沙，划船的女人又在扯谈。

袁玉说："这么大的挖沙船，好吓人。"

李朝霞说："听讲花了好几万。"

刘芙蓉说："这个船是三个人合伙买的。"

陈含英问："哪三个人？"

"我们村的村主任，占一股；乡上的马副乡长，占一股；文华村那个开木工厂的文老板，占一股。"

张金花说："我听讲，去年我们这里有人挖沙，都被乡政府禁了，不准人挖，还把一家人的工具都没收了，还打了人，怎么现在他们自己又来挖沙了？"她只是听说了去年那件事，但不晓得徐艳姿就是去年的当事人。

徐艳姿说："他们把别人赶走，就是为了让自己挖沙！"

黄欢笑说："别人用锄头挖点沙，他们就讲把河挖烂了。他们自己用船来挖沙，怎么就不会把河挖烂呢？"

刘芙蓉说："这就是只许州官放火，不许百姓点灯。"

张金花说："可以去告他们。"

张如嫣说："告他们？你到哪里去告？"

徐艳姿说："自古就是官官相护，自古就是猪护猪，狗护狗，猫儿护老表！你总不能拿着石头打天！"

刘芙蓉说："金妹子，你到底是年纪细，不晓得事。告他们？怎么告他们？你自己都没告别人呢。"

张金花的脸立刻就血红了。

刘芙蓉话一出口就晓得自己讲错了，赶快说："我同你们讲件正事。"

袁玉赶快接过她的话："什么正事？"

"我们端阳到河边村比赛，总要选出一个人来同河边村的人打交道。"

黄映如说："打交道的事，不是一直由朝霞的家爷老子负责吗？"

刘芙蓉说："我讲的不是这个打交道，我讲的是比赛的时候，我们在船上，同河边村船上的人打交道。"

付流艳说："那就越发没问题了，由朝霞负责，她是队长。"

刘芙蓉说："我认为朝霞不好负这个责。"

阳鲜花说："你芙蓉还比朝霞好负责些？"

田丽说："我认为，芙蓉讲的有点道理。"

刘芙蓉说："你们以为我有当官的瘾，是吧？我是在讲正事！你们想，朝霞是河边村人，袁玉是袁家村人，这两个村只隔着一条河。我们到河边村比赛，河边村划船的人，都姓李，都是朝霞后家的人，也可以讲都是袁玉后家的人。她们两个人出面同他们打交道，不大方便。"

李朝霞和袁玉都说，刘芙蓉讲的是有道理。

肖宏说："芙蓉，你的意思是要选个外交部部长出来吧，那就不要选了，就是你。"

张如嫣说："那是真的不用选，就是你芙蓉，你一直是外交部部长。"

"咔，什么话！选这个人出来，不喊外交部部长，喊船长。选还是要选，选了谁就是谁。"

徐艳姿说："还选什么？谁的嘴巴有你芙蓉厉害？"

李朝霞说："我们还是选吧。我选芙蓉。"

大家都把票投给了刘芙蓉。

刘芙蓉说："你们这不是合伙害我，让我上刺树吗？"

张金花笑着说："芙蓉婶，你反正有一点点当官的瘾。"

好多人说："你刘芙蓉原来是副队长，如今又做了外交部长，不，就按你自己讲的，做了船长，官上加官，应该请客。"

刘芙蓉说："怎么要我请你们的客？应该是你们请我的客！"

2

李万吉到了王怀仁家，把今年端阳划船比赛的事情最后落了定。走的时候，李万吉主动提出来，要李朝霞陪自己走一走。

路上，李万吉说："霞妹，你搞了什么大田村半边天龙舟队，名字是好听。要我讲，你就算了，你们就莫来比赛了。"

"我们都已经练了那么久了，我们肯定要来比赛。爸，我刚才同我家爷都把这个事情敲定了，怎么现在又讲这样的话？"

"我要你们莫来比赛，也是为你好。你想，你们怎么划都划不赢，不是出丑吗？再讲，从古到今，没有女人划龙船的，也从来没得女人同男人比赛划龙船的。"

"我们自己都不要紧，你着什么急。"

"好好好，你就视如我没讲，就算我操了空心，着了空急。不过，现在我要同你讲另外一件事。"

"什么事？"

"你听讲你们龙舟队有个哑子。"

"是有个哑子，就是我们西山王家的，王迎春。"

"她是不是又哑又聋？"

"不是，她只哑不聋。我听人讲，她本来有病，不过好像不是大病，娘爷也没在其意，就没带她去大医院看病。有一回她去田里扯草，摔一跤，就不能讲话了。她娘爷以为不要紧，后来才晓得问题蛮严重。等他们带她去长沙的大医院检查的时候，医生讲来迟了，没用了。她就是这样哑了。但是她只哑，不聋。人其实好灵泛，一个脑壳什么事都想得，一双手什么事都做得。开始她来划船，不晓得，你只要讲一回，她就晓得了。就是因为哑，她都二十四岁了还没结婚。"

"你讲的是真的吧？"

"爸，这里就我们两个人，我怎么会骗你？"

"那就好。爸爸我想同她做个媒。"

"爸，你又要替人操空心了。这个王迎春，她也不是随什么男人都嫁。"

"霞妹，我要是讲出男方的名字，你保证认为要得。"

"是谁？"

"李多才。"

"就是那个在桥头开修理铺的李多才？"

"就是他。"

"他不是跛子吗？我记得他右脚跛得好厉害。"

"他是跛子不假。你也晓得，他也是几岁的时候突然右脚不好，也是娘爷没在其意，就把他耽误了。他屋里带着他看了赤脚医生，赤脚医生讲他没办法，要他们去大医院看。那个时候，他们哪里有钱看病？就是求神，附近的神都求遍了，也没把多伢子的脚诊好。他这个脚也不是天生就跛，就同你讲的王迎春不是天生就哑一样，所以不会遗传。"

"爸，听你这么一讲，他们两个是还配得上。"

"你讲到灵泛，多伢子也灵泛。要是他们两个结了婚，生出来的后代不会差。"

聊着聊着就走到了桥上，李朝霞送父亲送得很远了。李万吉说："霞妹，你打转回去吧。记住，你一定要同我问一下王迎春，你先问她，你是队长，好问。要是她同意了，你再同她屋里人去讲。我一回去就同多伢子讲，他同意了我再同屋里人去讲。"

"好。"

"要快，莫拖。"

早上划船之后，李朝霞就要王迎春等一下自己。等其他人都走了，她才同王迎春讲那件事。

王迎春红了脸，她还怕丑呢。

李朝霞说："我这不是在做媒，我也不晓得做媒。我只是把对方的真实情况讲了把你听。他人灵泛，只是右脚跛了，走路要撑棍子。不过他搞惯了，他撑棍子走路就像别人小跑，好快。他人灵泛，在桥头开个修理铺，一年也赚得不少钱。年纪呢，是不细了，今年28。你要是同意，哪一天我把他喊到我屋里来，你来看一看。"

王迎春不反对。

第三天，李多才就骑着单车到了王怀仁家。除了李朝霞和他之外，没人晓得他来做什么。他只讲自己路过这里，看到是李朝霞，就进来了。李朝霞呢，就讲看到是自己后家屋里的人来了，就喊他进来坐。王怀仁两夫妇以为真是这样。

不久，王迎春也到王怀仁家里来了。她坐下来，喝碗茶，然后就走了。

李朝霞把李多才送出来，问他对王迎春的印象怎么样。他说："样子不差，看起来也灵泛。只是，她讲不得话，是不是真的同你爸讲的，后来才这样？是不是天生就是哑子？"李朝霞说："这个，你就落一万个心，她这个哑不是天生的。"他说："只要不是天生的就好，我是怕万一是天生的，今后生了伢妹子也会这样；不是天生的，那我没意见。"

当天夜里，李朝霞问王迎春："你要是认为李多才合适，你就点头；要是认为不合适，你就摇头。"

王迎春既不点头，也不摇头。

李朝霞说："你是怕他的跛是天生的？"

王迎春点头。

李朝霞说："他的跛，百分之百不是天生的，不会遗传把后代。我讲的绝对是真话，迎春，我不会害你。我不是硬要你同意嫁给他，同不同意你自己做主。他合适吗？"

王迎春点头。

第四天早上划过船，李朝霞早饭也没回家吃，而是骑着单车回了后家，把情况同李万吉讲了。

李万吉就去同李多才的父母讲这件事。他们是自己屋里人，好打讲，李多才的父母听到有这样的好事，说："只要搞得成，那就太好了，太感谢了。"

李万吉说："都是自己屋里人，一笔写不成李字，谢什么。"

李万吉和李朝霞一起骑着单车到了大田村。因为有了几成把握，李万吉就对王怀仁讲了真话，说自己从出生以来，这是第一回同别人做媒。王怀仁两夫妇听他讲了事情，都说这是天大的好事，搞成了功德无量。

李朝霞带着李万吉去了王迎春家。

王迎春的父母和哥哥大嫂听讲有这样的事，心里自然高兴，但他们也有些担心。

李万吉先讲王迎春的不好："哑。但是，哑不要紧，她灵泛，她做事舍得来，她性格好，如今这样的社会，有了她这三样，要是结婚了，保证会把家庭搞得欣欣向荣"——李万吉为自己讲出这么一个成语而骄傲。

然后，他讲李多才："李多才，论辈分，还要喊我叔。不过，我不会因为他是我自己屋里人就只讲他的好。他是跛子，一看就晓得。我们上了年纪的人都晓得，那个时候，不管大人还是小孩，生病了只要不是就死，谁会去大医院看？这个李多才，我喊他多伢子，他几岁的时候右脚痛，父母没放在心上，耽误了，就跛了。这个多伢子，脚跛了，心不跛。他好想事，在桥头开个修理铺，不但养得活自己，每年还能够存一些钱。同你们妹子一样，人灵醒，做事舍得来，也肯帮忙。"

最后，他说："俗话讲，螃蟹钳（嫌）虾子。要我讲，你们的妹子不是螃蟹，多伢子也不是。他们都是虾子，你们不嫌我们脚跛，我们也绝对不敢嫌你们的妹子讲不得话。"

他这一席话，讲得实在又中听，王迎春的家人都没意见，他们说："还是看妹子自己的意思。"一问王迎春，她不反对。

于是，事情进展得非常顺利。

两天之后，王迎春在亲嫂和堂嫂的带领下，骑着单车到河边村李多才家看了房子。按照风俗，李多才家给了她们茶钱。

趁热打铁，双方都觉得好事可以快办。双方父母都想择个黄道吉日，把第二道手续——订婚给办了。李万吉说："你们要是信我，就择日不如撞日，我看五月初一这个日子就蛮好。"女方父母没意见。男方父母也没意见。

于是，五月初一，李多才和王迎春就订婚了。按照风俗，订婚了，这两个人就可以同床共枕了。至于结婚证呢，他们商量一过端阳就到乡政府民政办去领。第三道手续是嫁女和收亲，日子也定下来了，也是在五月。

3

李朝霞说："迎春，你明天要去订婚，恭喜恭喜。"

一船的人都恭喜王迎春。王迎春黑黑的面红了。

李朝霞说："迎春，你明天就不要来划船了，一心一意去订婚。"

王迎春摇摇头。她的意思是，婚她要去订，船她也要来划。

初一早晨，王迎春仍然同平常一样，准时到了河边，同大家一起划船。

刘芙蓉开她的玩笑："迎春，划船蛮有味吧？"

她点点头。

刘芙蓉又说："订婚也蛮有味吧？"

她没点头，也没摇头，只是羞涩地笑，脸上涨起了一层红晕。

初二，王迎春带了一大把喜糖来划船。她指着喜糖，又指着大家，意思是都来吃糖。

李朝霞说："今天是迎春大喜的日子，也是我们一同划船的人的大喜日子，今天就破个例，先吃喜糖扯谈再来划船。"

这样的提议，哪有不赞成的？

刘芙蓉说："听朝霞讲，你们西山的人，昨夜就已经吃了迎春的喜糖，今天这个喜糖，你们应该让我们先吃。"

西山的人都说："要得，你们先吃，只是要留几粒给我们。"

刘芙蓉说："我们没那么贪心，肯定要留几粒给你们。"

青胖子说："是你们山上的人先吃，还是我们东冲的人先吃？"

刘芙蓉说："你们先吃，然后是我们，最后是西山的人。"

西山和东冲的人都笑着说："哟，你还蛮大方的。"

山上的人有一个插了一句："芙蓉，你莫打肿面充胖子，让东冲的人先吃，只是你一个人的意思，又不是我们山上其他人的意思，你怎么能代表我们表态？"

刘芙蓉说："我是副队长，是领导，这件事我讲了算。再讲了，我们山上的人从来就不小气。"

青胖子说："芙蓉，你确实是从来不小气，好多男人讲你不小气。"

"你个死胖子！这是在吃迎春的喜糖，天大的喜事，你莫讨我的骂！"

嘻嘻哈哈中，哪里还分先后？反正喜糖多的是，大家都有份，你也吃她也吃。

刘芙蓉说："以前以为只有吃饭才肚子饱，今天吃了迎春的喜糖肚子也饱了；以前以为只有喝酒才会醉，今天吃了这个喜糖，也醉了。"

袁玉说："你是还想结婚吧？"

刘芙蓉说："结婚是大好事，不过我有了丈夫，伢妹子都有了，我还怎么结婚？结婚，就是要像迎春这样的姑娘，才最有意思。"

不晓得谁插了一句："你以前结婚不也是这样吗？"

刘芙蓉说："那是。"

风一吹，把她们剥下来丢到河岸上的糖纸吹得飞呀飞，那条被拴着的船在水上飘呀飘，好像它们也甜蜜蜜地醉了。

刘芙蓉说："迎春，今天我硬想抱一抱你。"

还没等王迎春有什么表示，刘芙蓉就自己走上去，伸开两只手。王迎春也伸开两只手，和她拥抱。

有人带了头，其他人都不甘落后，一个一个都走过来和王迎春拥抱。把王迎春都抱得不晓得讲什么好。她也就什么也不讲，只是浅浅地笑，笑着笑着，还笑出了眼泪。

刘芙蓉说："你们快看，迎春都欢喜得流眼泪了。"

大家都看着她，真的，她们都看到了她的眼泪，这眼泪好像还闪光呢。

王迎春连忙伸出手擦了擦眼睛，摸了摸面。

刘芙蓉说："你们信不信，今日划船，我们会划得分外好。"

真的，今日划船，她们划得分外轻松，节奏分外整齐。船上的女人心里也有了乘风破浪的豪情。

4

李多才五月初二去岳父家送节，就在王迎春家住了一夜。五月初三一大早，他也跟着王迎春到了河边。

划船的女人们开着他们两夫妻的玩笑，王迎春只是幸福地笑，李多才是笑多话少，只有在非回话不可的情况下他才回她们的话，他晓得，自己刚刚结婚，而这些划船的女人，什么样的场面没见识过，她们的嘴巴都是蛮厉煞的，惹不得她们。

刘芙蓉说："我们一同划船的人，迎春嫁的时候，我们都要来送嫁。"

李多才说："要得，热烈欢迎。"

黎美丽说："昨天迎春把喜糖给我们吃了，你今天带没带喜糖来？"

"哪里能少得了你们的喜糖？"

李朝霞说："先吃喜糖，再划船。"

今天的喜糖没昨天多，但她们也是甜蜜蜜的喜糖，甜蜜蜜地吃。

下午，李多才回去了。他对李万吉说："他们大田村的女人，划船厉煞。"

李万吉说："你是到大田村搞了一个婆娘，就拼命讲大田村的女人好吧。"

"那不是，我到河岸上看了她们划船，那真的是在划船。"

"那当然是在划船，不是划船是在搞什么？"

"你搞错了我的意思。"

"我晓得你的意思。只是我也觉得将谈神，像谈神，事情要搞就要认真搞。我喊他们来划船，他们寅来一个，卯来一个，头齐脚不齐，硬是蛮不容易才喊拢来。人到齐了，划起来也是没精没神，好像一个个都吃了老鼠药。船下水快十天了，他们才作古正经练了三天。"

"我晓得，他们本来就嫌划船太累人工钱太少，如今又认为是同女人比赛，所以提不起劲。"

"就是，我要他们好好练，他们说，同女人比赛，没劲，赢了是该赢的，输了就什么面子都失尽。当然，他们也讲，划赢女人，那是一碗饭的事情，轻松得要死。他们讲他们用脚都划得女人赢。"

"我还是认为莫太轻敌了。"

"输赢那是不要划都晓得的，只是既然要划船，就要有个划船的样子。"

"小心点好，莫阴沟里翻了船。"

"那百分之百不会。"

5

她们练船的这段河流，如果上面有农药瓶或者其他垃圾漂，她们就捡走。因为她们爱干净，因为她们勤动手，这条河流总算有一小段是干净的。

她们没学过屈原的诗，只是听人讲过端阳同屈原有关。

咚，咚咚！鼓声是那么有力。

哗，哗哗！一把把桨就像一张张犁，犁开了水。不管是顺流还是逆流，船都是笔直地跑，有时甚至是飞！因为女人的汗落进了河里，河水醉了。

好多年没人划船了，河就半死不活。现在，这些女人们，把河吵醒了，河又有了活力，又准备热血沸腾了。死在水里两千多年的屈原，即将复活了。

6

刘尚文，人称尚聋子，找上刘芙蓉的门。

"你娘爷同你孩子呢？"他问。

刘芙蓉说："我娘爷带着人到上屋里去了。请坐。"

他说："我是要坐，我今日来，是要同你讲件蛮重要蛮重要的事。"

刘芙蓉泡了一碗热茶给他，自己也坐下来。她笑着说："你讲吧，我把耳朵洗干净了，专门听你讲蛮重要蛮重要的事。"

他说："耍还耍，笑还笑，今日我同你讲的这件事，我想了好多夜，不讲出来，我就睡不好觉。"

她笑着说："这么吓人？"

他说："不是我吓你，我是真的有好多夜没睡好。"

她还是笑着，说："有话快讲，有屁快放。"

他说："虽然我比你痴长了几岁，不过，论辈分，我还要喊你姑。"

她说："讲事就讲事，怎么就论起辈分来了？你不要喊我姑，喊我姑，就把我喊老了，我还不想老。"

他说："那我就讲了。我听别人讲，你是你们半边天龙舟队的队长，所以，你在你们那一帮女人面前讲话，应该是灵的。"

她说："我这个队长，是她们看得起我，公推的，其实，我哪里做得队长？你以前做过村主任，是老村主任，你在人面前讲话，才是真的灵。"

"都是老皇历了，还讲它做什么！好汉不提当年勇。"他说。

她有点急了，说："你到底要同我讲什么事？怎么转了几个弯，我还不晓得你要同我讲什么事！"

他说："我认为，今年端阳，你们就不要同龙虎乡河边村的男子去比了。"

她问："为什么？"

他说："你们毕竟是女子，肯定比不赢男子。你们跟他们比划船，不是出丑吗？出丑出在我们本地还不要紧，你们这个丑，都要出在外乡外地了。"

她说："我们跟他们比划船，比输了不要紧，比赢了是我们额外赚的。"

"你没理会我的意思，"他说，"我就把话讲明了，你们去龙虎乡比划船，你自己出丑事小，关键是你们还让我们出了丑。我同村主任也是这么讲的，你们失格事小，我们男人跟着失格事大。我还同村主任讲，尤其是你这个村主任，是有身份的人，这样好笑的事，你一定要制止！没想到，他不听我的。他还讲我这是咸吃萝卜淡操心。"

她笑着说："怪不得他这样讲你，你这确实是操空心！"

他说："你看你看，连你也这么讲我！我怎么是操空心？我本来早就要同你讲的。自从你们到河里划船之后，吵得人早晨都睡不好觉。那一回，你们二三十个划船的女人，还到土地庙去同奸夫淫妇招魂，像什么话！神明都会被你们气死！本来那时我就要来同你们讲的，你们那样做要不得，一点都要不得！你们把神明都得罪了！"

她说："我们得罪了哪路神明？"

他说："你们那样做，必然得罪了神明，神明一定会报应下来。"

她说："我们没看见神明报应下来。"

他说："不是不报，时候没到。可能有时候，神明不报应到你们身上，报应到别人身上。"

她说："你是怕报应到你身上吧。你落心吧，神明都有千手千脚，都是千里眼顺风耳，我们做的事，万一有报应，只会报应到我们头上，你就不要怕东怕西了。"

"你们女子组织一个龙舟队划船，盘古开天地以来，从来没有这样的事。"他说。

她说："我们就做盘古都没做过的事，要不得吗？"

"当然要不得，万万要不得！再讲，你们成立龙舟队这样的组织，经过哪一级领导批准了？"

"我们几个人一商量，想划船要一耍，要领导批准吗？也没有哪条国家法律讲不行。"

"是没有哪条国家法律讲不行，不过，也没有哪条国家法律讲行。"

她说："你还有其他事吗？你要是没有其他事了，我就要送客了。不是我硬要赶你走，实在是我要去外面寻自己的崽。"

他生气地说："我晓得我讲的话不动听，你听不进去。"

她说："你晓得就好。"她也生气了。

"我过的桥比你走的路多，我吃的盐比你吃的饭多！"

"你少在我面前倚老卖老，你自己也晓得，论辈分，我还比你大一辈。"

"你是个石头，油盐不进，什么好话都听不进去！不听老人言，吃亏在眼前！你们二十几个女人，不久就要把我们这里所有人的格都失尽！在本地失格还嫌不过瘾，还要把东洋大格失到外乡外地！"

她听出了他话中的刺，问："我们在本地失了什么格？我在本地失了什么格？"

"你在本地失了什么格你未必不晓得。 别人都讲，你是个同什么男人都可以上床的女人！"

话刚讲出来，他就晓得自己讲错了，但收不回来了。

她说："我忍了你这么久，是看在你年纪大的份上，现在看来，你真的是痴长了！我们划船，碍了你什么卵事！我们自己组织龙舟队，关你屁事！谁要你来多管闲事！你有这多管闲事的工夫，不如多去扒几下媳妇的灰！"

最后这句话一出她的口，他的面就红了。

他哼了一声，气鼓鼓地冲走了。

她端着他没有喝的那碗茶，跟在他后面到了门前地坪里，狠狠地把茶冲他的背影泼去。

7

五月初四，大田村半边天龙舟队只在早晨划了一回船。李朝霞说："我同袁玉商量好了，今天划一回就足够了，我们放松一下，多留点力划明天的比赛。大家回去吃了早饭就到袁玉家来聚齐，我们正正规规开个会，商量明天的事。屋里有什么事，只要不是蛮大的事，这两天暂时放在一边。"

刘芙蓉说："不要紧，我们划了这么久的船，没耽误过屋里什么事。就是万一耽误了什么事，那么久都耽误了，还靠了这两天？"

好多人都说："没问题。"

刘芙蓉说："划船虽然没得工钱，还把我们晒黑了，但我感觉精神比以前好多了，我麻将也打得少些了。"

陈青兰说："你是讲划船让你少赚了钱吧。"

"青胖子，你晓得什么！划船让我少打了麻将，赚钱的机会是少了，输钱的机会也少了。讲到赚，划船最赚的就是你，你怕瘦了几斤。"

陈青兰说："何止几斤！我昨天刚称过，整整瘦了一十二斤！"

"只怕一不划船了，瘦下来的肉又会长回到你身上去。"

"放你的狗屁！"

"你们听讲了吗，吴丹丹在广东那边被捉进了派出所。"刘芙蓉说。

徐如意说："这早就不是新闻了。"

"我也早就晓得了，你们也早就晓得了吧，听讲还要这边屋里的人拿几千块钱去取人。"

戴伟平说："谁会蠢到拿几千块钱去广东取人呢？"

刘芙蓉说："要什么紧，广东那边的派出所同我们这边的派出所还不是一样？抓了发廊女关几天，然后就把她们放出来。我敢断定，不要蛮久，吴丹丹就像以前有些到广东打工的女人一样，会赚大钱，要寄钱回来。"

袁玉说："芙蓉，你的嘴巴就积点德。"

"我不是要损吴丹丹，我只是讲实话。我哪里会损她呢？毕竟她同我们同划过船，也是缘分。我这个人，就是肚子里藏不住事，一有事就想讲出来。前几天没讲吴丹丹的事，是怕让人想到另一个人。"

李朝霞说："春秋卵谈就莫扯了，大家回家，吃完早饭就去袁玉家。"

袁玉家的大门敞开着，她把楼上楼下的椅子都搬到厅屋里来了。厅屋中间还摆了一张桌子，上面放了几样吃的东西，有瓜子、花片、姜、豆腐干等。李朝霞是到得最早的，椅子就是他和袁玉一起搬到厅屋里来的。吃的东西，是袁玉自己出钱买的。

李朝霞说："这个钱，归龙舟队出，明天到文华饭店吃过夜饭，就把龙舟队所有的账都算了，那时就圆满了。"

袁玉说："不要紧，龙舟队又没得什么钱，这点东西，用得几个钱？要不是划船，有些人哪里会到这屋里来坐。"

李朝霞说："袁玉，想一想我们这个多两个月的事，真是觉得蛮不容易。今天你要是再要我组织一支龙舟队去同男人比赛，我都不敢了。当时不晓得我发什么神经，竟然喊了你们搞起这个东西来了。"

袁玉说："人活一世，有时候也要发一发神经。"

女人们陆陆续续地来，王迎春带来了喜糖和粽子。

她们坐下来，吃王迎春的喜糖，吃瓜子，扯谈。等人到齐了，就正式开会。

刘芙蓉说："在讲正事之前，我来讲几句闲话。我们明天去划船，我觉得结果不会差。这些天，我们一直在吃迎春的喜糖，兆头好，你们讲是不是？"

大家都大声说："是。"

有人说："芙蓉，你这个话不是闲话，硬是最正经的话。"

刘芙蓉说："粽子每个人发两只，也是迎春的喜粽。每个人发两只之后，还有四只，有余有剩，有多的，我看就这样，本来是福归东主，迎春自己带回去，不过她不想带回去，我们在袁玉屋里开会，袁玉就是地主，有多的，就福归地主。"

大家都说要得。

刘芙蓉说："还有——"

有人说："还有啊——"

刘芙蓉说："当然还有，好东西，我们长长久久都有。朝霞、袁玉同我，我们割了一些艾，就放在外面的阶级上，要是自己屋里没有的，等一下散会之后，就带几根回去。"

有人说："我都几年没插艾了，有现成的，等一下我散会后带回去插上。"有人说："我们家虽然割了艾，不过，不是我贪心，我还想带两根回去。"

刘芙蓉说："要得，想拿都可以拿，反正有蛮多。"

接下来，她们商量明天到河边村比赛的事情。比如要带两身短衣短裤去，到那里比赛后，衣服肯定是湿的，要换，不换的话，对身体不好；比如，明天她们中饭都回到大田村来吃，比赛一搞完，她们就回来吃中饭，即使是李朝霞和袁玉，她们也不回后家吃中饭，而同大家一起回来；比如今天就要同自己屋里人打好招呼，主要是同家娘讲好，明天要她们吃累搞中饭；比如要检查单车，气是不是饱，刹车是不是灵，有没有其他问题；

至于船和划船的工具，都不要带去，河边村都同她们准备好了。总之，事无大细，都讨论到了。最重要的还是比赛本身。她们定下了目标，三局中争取赢一局。她们商量好了选边的办法，一条河流从中间一分为二，总有一边的水流得快，总有一边的水流得慢，因为划的是上水船，选水流得慢一点的一边就占面子。李朝霞和袁玉对河边村那段河流太熟悉了，她们晓得西边好些。除王迎春之外，每个人都发了言。

你不得不佩服，这些女人，平常自由散漫搞惯了，但到了这样的场合，她们真的是"将谈神，像谈神"。

袁玉家的大门是敞开着的。在她们商量的过程中，先后有几个男人经过。他们看到这里聚了这么多人，客套一句：蛮热闹啊。但他们没有停下来，从听到的话中，他们晓得了她们是讲明天去河边村比赛的事。这有什么好商量的，不商量是输，商量也是输，多一事不如少一事，反正是输，何必商量？还搞了这么多人坐在一起，样子吓死人！女人呀，就是喜欢把没事搞出有事来，把针眼大的事搞出箩样大的事来。他们停都没停，就走过去了。

第十八章　红透半边天

1

五月初五，艳阳高照。

以河边大桥为中心，桥上，河两边，密密麻麻站满了人。有摆小摊子的，有叫卖桃子李子的，有叫卖棒冰的。小摊子和叫卖桃子李子的，都固定在某一个地方，而那些叫卖冰棒的，却是用单车拖着一个冰棒箱子，他们能在这么挤的人群中钻来钻去，真像是有缩骨功的人，而且他们不但能缩自己的骨，还能缩单车的骨。

人还在从四面八方朝这里涌来。

往年划船，人们是来看热闹的，是来看激烈的龙船比赛的，甚至他们想看到划输的一方耍无赖，把船桨搭到划得快的那条船上，然后两条船就碰到一起，然后就是骂人，甚至打架。俗话说，爷亲叔大，娘亲舅大。但这个时候，划船的人都红了眼睛，还管什么舅舅外甥，还管什么认得不认得！今年划船，人们也是来看热闹，但主要是来看新鲜。你想啊，端阳女人正古八经划船，他们从来没看见过，而且又是女人同男人比，自从盘古开天地，这可是头一回。

上午九点钟的时候，看热闹的人已经挤得水泄不通。两岸还有放鞭炮的声音，打铳的声音。天空中飘着黑色的、灰色的、蓝色的烟雾。一新一旧两条船，都被拴着，它们静静地在原地漂。

大田村的女人来了！

同她们一起来的还有王怀仁和6个伢子。

王怀仁要村主任张平来，因为是村跟村的比赛，村主任带队名正言顺。但张平考虑到去河边村比赛，必输无疑。输了，面上自然无光，所以他就不去自讨没趣。他对王怀仁说："我一直相信你，我一直要你全权负责这件事，一直到今天都是这样，你就担起这副担子来。"王怀仁没办法，总得有个大男人去吧。

李丹阳同大田村的客人只打了一个照面，客气而热情地表示欢迎之后，他就走了。他也让李万吉全权负责河边村划船的事，而且作为主人，李万吉还要负责做好沟通的工作。礼尚往来，你们村主任不来，我这个村主任也就不参与进去，免得掉了身价。

大田村的女人来了！女人们统一只穿着短衣短裤，她们个个都晒得好黑一个！大田村的女人下船了！大田村的女人划船了！

看到她们划船的样子，看到她们把船划在水上走得直、走得快的情形，看热闹的男人女人都认为她们划得好，有些人还忍不住喝彩！有些女人的话语和表情中甚至流露出羡慕的意思。有人说："现在她们都划得这么快，等一下比赛她们还会划得更快。"

人们没看到河边村划船的男人。他们中有几个正在牌桌上忙，今天过端阳，昨天有不少在外面做事的人回来了，那些自认为赌技高超的人，就要抓住这个难得的机会，狠赚一把。有些人打牌通宵达旦，有些人吃了饭睡一会又继续打。河边村龙舟队中就很有几个这样的人。那些没在牌桌上的人，因为看到人没到齐，也就没到河边来。

2

李万吉陪着王怀仁在河的东边走，他告诉自己的亲家公："桥下面大概50米的地方，是起点，你看两边都竖着一根木桩，这个人就是发令员，他只要看到两条船的船头都没过这两根树桩连成的直线，就说明没人抢划。"

王怀仁说："河里没牵绳，那就只能凭他的眼睛看了。"

李万吉说："没问题，他看得清楚。王怀仁当然听出了亲家公的言外之意，今天的比赛，反正也就那样了，起点凭眼睛看完全可以了。"

李万吉陪着王怀仁朝上面走，好不容易走过桥头，他们继续朝上走。

"这是终点。"李万吉说。

王怀仁向西边看去，一根红绳系在那边的一棵灌木上，这边则系在一个木桩上。正式比赛的时候，这木桩边会站一个后生，这边的红绳不系在木桩上，由那个伢子用手拉着，他用力把绳拉直，有船冲到终点，他就可以松掉绳，让绳沉到水里，反正这个绳有足够长。船两边的红绳不是一样高，那边的红绳高些，这边的要低些。

王怀仁说："红绳两边搞得一样高，就越发好了。"

李万吉说："只有这样的条件，这比以前搞龙船比赛要好多了，河中间没拉界线，在起点的时候，两条船就要隔得开，中间至少要有两米的距离，船都是笔直地划，不会搞到一起去。只要你们的船不搞到我们的船这边来，我们的船保证不会搞到你们的船那边去，输赢都要光明正大，反正搞这样的比赛都是友谊第一，比赛第二。"这两亲家公就站在终点处，继续扯谈。

大田村的女人划了那条新船，也划了那条旧船。她们决定选那条旧船，她们在家里一直划的就是旧船，划旧船感觉好些。她们的热身运动做得差不多了，而河边村划船的男人还没来。看热闹的人有些不耐烦了，太阳这么大了，都是巳时了，怎么那些男人还不来？有人说："好男不与女斗，不会是他们看到同女的比赛没味，不来比了吧。"有人说："都已经决定好了的事，怎么会不来呢？"有人说："只怕有人还在麻将桌上。"有人立刻附和："有这个可能。热闹要看，女人也要看，但女人已经来了这么久了，你男人也应该来了。"说到底，他们是来看比赛的。

3

河里那条旧船上，张金花说："我有点紧张。"

王迎春点了点头。

袁玉说："有点紧张也不是坏事，只要莫太紧张了就要得。"

刘芙蓉说："金妹子，你不会打着打着鼓，把打鼓的棍子落到河里去吧。"

张金花说："那肯定不会。"

李朝霞说："金妹子，不要慌，鼓，你刚才就打蛮好。平时你在家里怎么打，今天也怎么打，你刚才怎么打，等一下也怎么打。我们划船的也是这样。"

岸上有人终于大声表达自己的不满了。"河边龙舟队的人怎么搞的，别人讲是寅来一个卯来一个，现在都是巳时了，他们就好，辰不来一个，巳也不来一个，只怕要等到午时才一起来。天气这么热，吃冰棒也不止口干。你们要是早划完，我们就好早走。"有人说："你现在走就是。"那人说："我来都已经来了，不看比赛就回去，我有病啊！"

李万吉派人去喊河边龙舟队的人。

十点多钟的时候，河边龙舟队二十四个队员终于凑齐了，终于到了河边，终于下了河岸，终于上了船。

刘芙蓉对他们说："对不起，我们只有二十二个人。"

那边新船就靠岸，下来两个人。

新船上一个二十多岁的后生说："好男不与女斗。现在既然答应了同你们划船，我们也不会食言。你们二十二个女子，我们男子也二十二个，不好，干脆我们只出二十个人。"

刘芙蓉说："你莫看不起我们女人，我们也不要你们让，我们二十二个人，你们也二十二个，公平合理。"

新船上另外一个男人说："你就是喜欢讲大话，莫害得我们阴沟里翻船。"

那个二十多岁的后生说："阴沟里会翻船？跳蚤能拱得起被窝？"

刘芙蓉说："我们等你们好久了，我们热过身了，你们也热热身。"

那个二十多岁的后生说："热什么身？我们要热什么身？"

刘芙蓉说："你就是队长吧？"

"不是。"

"喊你们队长来同我讲话。"

新船上一个三十多岁的男人站起来，说："我是队长。"

刘芙蓉笑着说："贵姓？"

"我们一船人都姓李。"

"李队长，你好。规矩我们都清楚了，你们清楚不？"

"我们当然清楚，当然比你们清楚。每条船都是二十二个人划，中途不准换人。这里是起点，不能抢划，有船抢划，发令员就会吹响哨子，比赛要重新开始，要是哪条船连续抢划两次，那一局就算它输了。两条船要隔开些，要笔直划，不能搞到一起去。我们搞三局两胜的。不就是这些吗？"

河边村龙舟队中另有一个人说："什么三局两胜，是三局三胜。"

刘芙蓉说："我们的船就在西边，首先就不选边，我们先划这边，第二局换过来，第三局再来选边。"

"要得，没问题——"新船上好几个男人怪腔怪调地把"题"字拖得好长。

4

比赛就要开始了！两条船做好了准备，岸边的人也做好了准备。

发令员喊："各就各位，预备——开始！"

两条船都冲出去了！冲在前面的竟然是大田村半边天龙舟队！

鼓声震耳，震天。划船的人用尽力气划，看划船的人用尽力气喊。鞭炮声在爆炒，铳在雷鸣。两条船都到桥底下了，不晓得哪条船冲在前面。岸上有人歪着脑壳去看，位置好的人，稍微歪一下脑壳就看得到，位置不好的人，你就是把脑壳歪断，也看不到。

两条船出来了！还是半边天龙舟队在前面！

加油！加油！绝大多数人是给河边村龙舟队加油，因为他们热爱自己的龙虎乡。加油！加油！做死地追呀，赶呀！

已经划了一半了，领先的还是女人！落后的还是男人！

男人不会放弃，他们在发力，他们的船离女人的船近了，越来越近了。

岸上最热闹、最活跃的是那些伢子，他们钻山打洞，他们口里衔着冰棒，跟着船一路朝上跑，有些伢子冰棒落到地上也不去理它。

站在终点的李万吉面色不好看，他看到领先的是女人，是大田村，文华乡，落后的还是河边村，龙虎乡！

他紧张地看看船，看看自己身边那个用力拉着红绳的后生。红绳高出水面两尺左右。王怀仁本来心情是轻松的，现在看到女人的船在前面，她们有可能赢，他也紧张起来。咚，咚咚！这是急促的鼓声，也是他的心跳！

男人还在追赶，他们隔女人越来越近了！越来越近了！

就要冲线了！冲过线了！女人冲过线了！她们赢了！

李万吉面色死灰，王怀仁激动得跳起来，他不晓得自己跳起来了！

而岸上，有人开始骂人："划女人都划不赢，怕是早饭没吃饭！"

"吃什么饭？还不如去吃娘老子的奶！"

这样的话是难听，但谁叫你男人划输了呢？

人群中那个跛脚的李多才说："男人也太托大了，身都不要热，就下去同人比赛，怪不得要输。不过，五月不是看禾时，三局两胜，现在才结束一局，还有两局，首先输一局可能也是好事。"周围立刻就有人说："是呀，还有两局呢。"

王怀仁对李万吉说："我们赢得侥幸，你们差一点就赶上来了。我们赢一局我就心满意足了，我们不可能再赢了，友谊第一，比赛第二。"

李万吉只是听着，他在等着。接下来的一局，河边队必须赢！而且，根据他的经验，他们也应该能赢。

新船早早就下去了，他们等在起点处，他们要报仇，要雪耻！

旧船还在河里慢慢悠悠地飘下去。可以说，同男人比赛，赢了一局，她们就已经赢了。但比赛还没结束，她们都没疯狂。刘芙蓉说："第二局，他们肯定憋足了劲。这一局他们划西边，我们划东边，优势肯定在他们一边，我们是不是放弃？"

李朝霞说："完全放弃不大好，划是要划，也要划得像个样子。"

袁玉说："我们认真划，不过不要同这一局一样拼命划，我们确实要多留点力划第三局。照这个情况看来，我们赢两局也不是没希望。"

刘芙蓉说："我们在家里练了那么久，不是白练的。我们的陡力没男人大，但我们的耐力比他们好。第三局，要是我们还能在这边划，就有七八成的把握赢。"

"陡力"是爆发力的意思。

李朝霞说："要是第三局我们还划这边，我有信心赢。"

一向冷静的袁玉也说，划赢的心思她也有。其他队员，虽然没有讲出来，但信心就写在她们脸上。

刘芙蓉说："我有办法让第三局我们也划这边。"

5

新船在起点处等了一会，他们已经等得不耐烦了。

"各就各位，预备——开始！"

发令员话音刚落，两条船就冲出去了。新船冲得好猛，旧船也在努力划。旧船一开始就落后，越到后来落后得越多。女人在用心划，男人在用力划。距离越拉越大。这一局，一点悬念都没有，男人赢了，赢得干净漂亮。

李万吉的神这才定了下来。当他没看到船的时候，他生怕领先的又是女人，他的信心动摇了。当看到男人一路领先着进入他的眼中，他就没有让它离开过自己的视线，他见证了一局漂亮的胜利。王怀仁则是无所谓的样子，反正已经赢了一局，剩下的两局输了也无所谓，而且，同男人比赛，女人也应该输。

岸上，人们开始议论纷纷。

"男人到底是男人，女人到底是女人！"

"西边划船占面子，刚才女人赢，只赢一点儿，现在男人赢女人，赢了一个半船身。"

"第三局就看拿边了，要是男人拿到西边，那死赢，要是女人拿到西边，那就不一定。"

"什么不一定？不管怎么拿边，都是女人死输！第一局是男人轻敌，没及防，现在他们及了防，还会让女人赢吗？"

"我看不一定，女人也有实力。"

"不信，我们就打个赌。"

这两个人就真的打了赌。如果男人赢了，一个人可以得到另一个人2块钱，如果女人赢了，另一个人就可以得到那个人10块钱。

两条船都到了起点。

刘芙蓉说："李队长，现在选边是抓阄还是让我们选？我看，是谁选了西边谁会赢。"

还没等队长说话，新船中那个二十多岁的后生就抢先说："抓什么阄？你们远来是客，我们让你们先选！"

"你们就不怕输？"刘芙蓉说。

"我们会输？莫总在那里犹豫，太阳晒死人，早划完船早散场！我们是男人，就是要让她们，随她们选边，让她们输得心服口服，免得到时候她们讲我们赢了是运气好，抓阄选了西边。"

李队长看看其他人，几乎都是这样的意思，于是他说："让人不是怕人，你们选边。"

"本来客听主安排，既然你们大方，那我们就选边了。我们要——"刘芙蓉看了看旧船上的其他人，她这么讲不是要征求她们的意见，很快她就说，"我们当然选西边。正好我们的船也停在西边，省得麻烦。"

6

两条船摆好架势，只等发令。岸上这时候没那么吵了。

"各就各位，预备——开始！"

两条船几乎同时冲出去，但新船起桨慢了一点。

岸上很多人说，这些男人，怎么搞的，反应那么迟钝，总是比女人慢半拍，肯定是有人昨夜通宵没睡觉。

面子是丢不起的，新船急速追赶。

"加油！加油！"

鼓声，鞭炮声，铳声，加油声，混到一起，钻进人的耳朵，想把它们震聋。加油！加油！太阳也在加油，没打伞的话，晒得你皮肤痛。

一前一后两条船钻到桥底下去了。桥只有几米宽，一眨眼，两条船就出来了。岸上看划船的人觉得，两条船的距离好像没有缩小。因为所站的角度不同，所以对于新船落后旧船多远，岸上人的答案是不同的。他们都晓得的是，新船落后，正在全力追赶！

加油！加油！咚！咚咚！

那些伢子又在钻，又在跑，人群中的他们是最活跃、最快乐的。

可以明显地看得出来，新船追赶的势头蛮猛，差距在缩小。

旧船上的女人看到新船这个架势，并没慌乱，节奏没乱，该怎么划还怎么划，该怎么掌舵还怎么掌舵，该怎么打鼓还怎么打鼓。比赛全程大概是 200 米，在旧船划到 150 米远的时候，新船追赶的气势没那么猛了，甚至，一度两船的差距还稍微拉大了一点儿。这说明，男人突然遭遇了耐力问题。新船队长一声大吼，如猛虎下山，蛟龙出海，其他男人呼应着这声吼，他们又一齐发力了！再不发力，就迟了！

如雷的吼声并没有吓着女人，她们也是拼着命在划。新船一点一点赶上来了。她们在拼命，她们在坚持。岸上的声音，她们听不到了。她们训练有素地、节奏整齐地划船。

男人不是不拼命，岸上的人可以看到新船明显地追上去了。但男人就如强弩之末，就在他们快要赶上，有人甚至认为会超过旧船的时候，新船慢下来了。而红绳就在前面！

张金花的鼓点更急促了，它催着女人们的桨频。不要命了！终点就在那里，触手可及。不要命，要终点！

一条船撞线了！随后，另一条船也撞线了。新船旧船分出了先后，人们看得非常清楚，先撞线的是旧船！新船的男人们也晓得这一点。

旧船上的女人发出野兽般的声音，当然，她们是雌兽。在岸上的人看来，她们挥起了手中的桨，庆祝自己的胜利。其实，李朝霞没有举起桨，掌舵的袁玉，更是没桨可举。而王迎春，也大叫了，但没能叫出声音来，却把自己的眼泪叫出来了。

新船迅速掉转船头，快速朝下面划去。船上的男人垂头丧气，一言不发。

旧船慢慢悠悠掉头。

岸上炸开了锅！

"吃了死！划女人都划不赢！肯去死！"

"还划什么船！今后不要再划船了！"

"不晓得他们搞什么去了！把力气都用到女人身上和麻将桌上去了！不然，哪里会划不赢！"

"那些划船的家伙，不是男人，还要回到娘肚子里去，再生他们一回！"

那两个打赌的男人兑现了他们的口头承诺，一个人输了 10 块钱！

7

新船到了起点，男人们把船系好，上岸。

周围人的骂声就像暴风骤雨一样砸向划船的男人！

他们不回话。这个时候，要是他们回话，讲不好会有人拿东西砸他们！

旧船悠悠慢慢朝下面漂来。

刘芙蓉说："这回要请村主任去讨米，每个人奖一千块钱，看他拿什么奖！"

黄欢笑说："你以为他讲的话是真的？他是在藐视我们！"

"我也晓得不是真的。不过，君无戏言，他既然讲了这样的话，讲出去的话，泼出去的水，收不回来。他就是不能奖这么多钱，再把一点钱我们，完全应该。"

李朝霞说："这个可以争取。大家都去讲，他会出。我们赢了，为我们争了气，也为村上争了光，他一高兴，会拿出钱来，只是不会多。"

刘芙蓉指着张金花的脸说："金妹子，你看你面上是什么？"

张金花把手往脸上一抹。

袁玉说："是眼泪。"

"我都不晓得自己流了眼泪。"

好几个人都去抹自己的脸，她们都不晓得自己流了眼泪。

刘芙蓉说："今天夜饭去文华饭店吃，就我们二十二个人吧。"

李朝霞说："还要喊两个人去。"

刘芙蓉说："我晓得是哪两个人，一个是你家爷，一个是村主任。"

袁玉说："这两个人要去，没有朝霞的家爷，就不会有划船的事。村主任，我们喊他去，主要是想在他身上煎点油。"

"想在他身上煎油？做好事！"徐艳姿说，"米进了叫花子袋！"

刘芙蓉说："我不是不要他们两个人去，是我觉得我们二十二只鹅里面插两只鸭，讲起话来不自在。不过，想来想去，还是把他们喊了一同去好些。"

旧船也到了起点。王怀仁在岸边接她们。岸上的人，大部分散去了。

刘芙蓉说："怀仁叔，没想到吧。"

"是没想到，做梦都想不到。"

"可能这些都是你在做的梦！"

李朝霞说："爸，我爸呢？"

"他呀，早走了，看到你们赢了他就走了，一句话也不讲。"

有人认为这次划船比赛没味，怎么让女人赢了呢？这话是男人说的。有女人说，怎么女人就不能赢呢？不管怎么说，人们看到了一场前无古人，可能也后无来者的比赛。从比赛的角度来说，它可能不是最精彩的，但却注定是被谈论得最多的、最长久的——有些人可能一生都会记得这次划船。

8

一行人到了李朝霞的后家，李朝霞的母亲留他们吃饭。王怀仁说："刚才来的时候我就同亲家公讲好了，今天我们不到这里吃饭，今后再来。"李朝霞的母亲还不晓得划船的输赢，她对这个也不感兴趣。出于礼貌，她问亲家公结果怎么样。当她听到女人们划赢了的时候，她怎么也不相信。李朝霞说："妈，是我们赢了。"她母亲说："那是菩萨保佑你们赢的。怪不得刚才他进来，一句话不讲，就去了睡房。我问他是不是发痧了，他说不是。我说要你打伞你不打，那么大的太阳，晒你不死！原来是划输了，怪不得。"

划船的女人们换好了短衣短裤。一行二十九个人（包括王怀仁和六个伢子）骑着单车朝大田村飞奔而去

这些划船的女人，来时一线风！这些划船的女人，去时一线风！跟在她们后面的王怀仁和那六个伢子，是风的尾巴。